KB078606

마곡정

성운을 먹는 자

성운을 먹는 자 5

김재한 퓨전 판타지 소설

초판 1쇄 찍은 날 § 2015년 9월 9일
초판 1쇄 펴낸 날 § 2015년 9월 16일

지은이 § 김재한
펴낸이 § 서경석

편집책임 § 이창진
디자인 § 신현아

펴낸곳 § 도서출판 청어람
등록번호 § 제387-1999-000006호
등록일자 § 1999. 5. 31
어람번호 § 제1-2222호

주소 § 경기도 부천시 원미구 부일로 483번길 40 서경B/D 3F (우) 420-822
전화 § 032-656-4452 팩스 § 032-656-4453
http://www.chungeoram.com
E-mail § chungeorambook@daum.net

ⓒ 김재한, 2015

ISBN 979-11-04-90400-4 04810
ISBN 979-11-04-90287-1 (세트)

※ 파본은 구입하신 서점에서 교환하여 드립니다.
※ 저자와 협의하여 인지를 붙이지 않습니다.
※ 이 책은 도서출판 청어람과 저작자의 계약에 의해 출판된 것이므로,
  무단 전재 및 유포·공유를 금합니다.

FUSION FANTASTIC STORY

김재한 퓨전 판타지 소설

성운을 먹는 자

사람의 검

5

채
람

목차

제22장
재회

1

설산에 휘몰아치던 눈보라가 잠잠해진 것은 이틀이 지난 후였다. 그동안 마을에서 오들오들 떨고 있던 일행은 겨우 이곳에서 새로 고용한 길잡이를 따라서 백야문으로 떠날 수 있었다.

그리고 그것은 굉장히 색다른 경험을 선사했다.

"음, 그러니까⋯⋯."

형운은 자기 손에 들린 것을 보고는 미묘한 표정을 지었다.

그것은 바로 삽이었다.

"이걸로⋯⋯."

형운의 시선이 산길로 향했다.

"저 눈을 다 치우면서 올라가야 한다 이거죠? 내가 잘못 알아들은 거 아니죠?"

"대단히 유감스럽게도, 공자님께서 아주 제대로 알아들으셨습니다."

조묵이 고개를 끄덕였다. 그러는 그의 표정도 황당함에 물들어 있었다.

이틀간 눈이 꽤 많이 내리다 잠깐 그쳤다 다시 내리기를 반복, 마을이 반쯤 눈에 파묻혔다. 흔히 삼척동자라는 표현을 쓰는데 삼척동자의 키보다도 더 높이 눈이 쌓였다.

하지만 여기 사람들은 뭐 그런 걸 갖고 놀라냐는 듯, 그저 귀찮아하면서 눈을 치웠다. 무공을 연마한 일행이 도우니 한시진 만에 마을 안의 눈을 대충 다 치울 수 있었다.

문제는 그들은 마을을 떠나야 한다는 점이었다.

새로 길잡이를 맡은 청년이 말했다.

"무공이 고강하신 몇몇 분만 간다면야 그냥 가실 수도 있는데… 일행도 많으시고, 짐도 많아서 그러기는 힘들 것 같군요."

청년은 백야문의 문도였다.

백야문은 인근 산골마을들에서 무골이라 할 수 있는 아이들을 제자로 받아서 무공을 가르쳐 왔다. 그래서 근방의 마을에는 몇 명씩 백야문의 문도들이 상주하면서 마을을 지키고, 외부에서 백야문의 손님이 올 때면 안내인 역할을 하고는 했다.

그가 말하길 백야문까지 가는 길이 온통 눈으로 뒤덮였으니 올라가려면 삽으로 눈을 치우면서 가야 한단다.

"다행히 여기서부터 저희 백야문까지는 그렇게 멀지 않답니다. 다들 힘내주시면 해가 지기 전에 도착할 수 있을 겁니다."

"맙소사."

설산을 오르며 삽으로 쌓인 눈을 치워가며 제설 작업이라니, 상상도 못 한 일이다.

"젠장! 내가 객잔에서 일할 때도 이런 일은 안 해봤는데!"

다들 황당해했지만 어쨌거나 할 수밖에 없는 일이었다. 눈 쌓인 산길을 오를 수는 없는 노릇 아닌가? 아무리 일행이 전원 무공을 익힌 이들로만 구성되었다고 해도 불가능한 일이었다. 특히 백야문에 가져갈 축하 선물을 가득 실은 마차까지 있는 상황이니…….

형운이 앞장서서 삽을 움직이기 시작하니 남자들이 한숨을 쉬며 그 뒤를 따랐다.

그리고 산길 위로 쌓인 눈이 무시무시한 기세로 사라지기 시작했다. 사람들에게 제설 작업의 요령을 가르쳐 주던 길잡이 청년이 놀라서 말했다.

"공자께서는 정말 대단하시군요. 제설 작업을 한두 번 해 본 솜씨가 아닌데요?"

"이번이 처음이거든요?"

형운이 구시렁거렸다. 손에 든 삽이 움직이는 속도는 그야말로 질풍 같았다. 내력을 실은 동작으로 눈 속으로 삽을 찔러 넣은 뒤 무시무시한 기세로 퍼서 날려 버린다.

별의 수호자 최초의 일월성신, 그리고 6심에 달하는 심후한 내공을 갖고 마교의 무리들조차 두려워하는 사부의 절세 무공을 전수받은 그는 이곳에서 태어나 자란 이들조차도 경탄해 마지않는…….

"제가 지금까지 살면서 이토록 제설 작업에 능숙하신 분은 처음 봅니다. 재능을 타고나셨군요! 그야말로 제설 작업의 왕!"

"그런 재능은 싫어!"

형운의 비명이 설산에 메아리쳤다.

2

그렇게 놀라운 속도로 눈을 치우면서 길을 오르던 일행은, 이윽고 위쪽에서 내려오는 사람들과 조우했다. 서른 살 정도로 보이는 여성이 이끄는 열 명 정도의 일행은 모두 하얀 바탕에 살짝 청회색이 들어간 옷 위로 털옷을 걸쳐 입고 있었다.

일행을 발견한 여성이 놀라서 물었다.

"음? 본 문의 손님들이신가?"

"그렇습니다."

길잡이 청년이 예를 표하며 말했다. 그러자 그녀가 고개를 갸웃했다.

"그런데 왜 기다리시지 않고 눈을 치우면서 올라오고 계신 건가? 아직 일자가 넉넉히 남아 있으니 이리 서두르실 필요는 없을 텐데, 어지간히 성격이 급하신 분들……."

"잠깐. 그게 무슨 소리예요?"

형운이 당황해서 물었다. 그러자 여성이 물었다.

"인사가 늦었군요. 우리는 백야문의 문도들입니다. 저는 외당주직을 맡고 있는 이연이라고 하지요. 공자께서는 어디서 오신 분이십니까?"

"아, 처음 뵙겠습니다. 우리는 별의 수호자에서 귀 문의 태상문주님의 생신을 축하하고자 찾아온 일행입니다. 저는 일행을 이끌고 있는 영성의 대제자 형운이라고 합니다."

"별의 수호자에서 오셨군요. 반갑습니다."

강호의 무인들끼리는 겉모습이나 나이만으로는 서로를 어

떻게 대해야 할지 확정 짓기 어려운 경우가 많았다. 나이가 어려도 귀한 신분이거나 배분이 높은 자가 있고, 겉모습에 비해 훨씬 나이가 많은 이도 있기 때문이다. 이연이 설명에 앞서 통성명을 한 것은 형운을 대할 태도를 정하기 위함이리라.

이연이 말했다.

"요즘 손님들이 오고 계신지라, 눈이 내리면 저희 쪽에서 요 아래 마을까지의 길은 수시로 눈을 치워두고 있습니다. 그러니 이렇게 수고하실 필요가 없는데……."

"……."

순간 침묵이 내리깔렸다.

그리고 곧 형운을 포함, 제설 작업을 하던 남자들의 매서운 시선이 길잡이 청년에게로 향했다. 거의 살기마저 느껴지는 그 시선에 그가 움찔했다.

형운이 분노가 역력히 느껴지는 목소리로 물었다.

"이게 어찌 된 일인지 설명을 듣고 싶은데요? 되도록 납득가는 설명을, 자세히 해주시면 좋겠습니다만?"

"아, 그게, 그러니까……."

당황한 그에게 일행이 자연스럽게 한 걸음씩 다가오고 있었다. 생명의 위협을 느낀 그가 황급하게 말했다.

"잠시만요! 제, 제가 다 설명드리겠습니다! 이건 제 뜻이 아니라 어디까지나 문주님의 지시였습니다."

"엥?"

"그러니까! 문주님께서 다른 일행은 말고 영성의 제자분이 이끄는 일행이 오면 꼭 직접 제설 작업을 하면서 올라가시게 하라고 해서! 저는 어디까지나 어쩔 수 없이……."

"……."

죽음과도 같은 침묵이 내리깔렸다.

형운의 시선이 자연스럽게 이연에게로 향했다. 그녀는 눈을 휘둥그레 뜨고 있더니, 이내 뭔가 알겠다는 표정으로 슬그머니 시선을 피하며 헛기침을 했다.

"흠흠. 아니, 뭔가 착오가 있었던 모양이군요. 사과드리겠습니다."

물론 씨알도 안 먹힐 소리였다. 형운은 지금까지 이존팔객에 대해 품었던 경외심 따위는 깨끗하게 날려 버리면서 속으로 절규했다.

'설산검후우우우! 이 성질 더러운 아줌마가 진짜아아악!'

3

눈을 치우느라 기력을 소모한 일행은 허탈한 심정으로 길을 올랐다. 남은 길은 편하게 올라가기는 했지만, 이연이 이끄는 백야문도들이 어떤 식으로 제설 작업을 하는지 알게 되자 한층 더 허탈해졌다.

"흠, 여기가 또 무너졌군요."

한차례 치운 길 위로 눈이 옆쪽의 경사면을 타고 쏟아져 있었다.

이연이 눈짓하자 문도들이 나섰다. 그들 역시 제설 작업을 위해 나섰기 때문에 눈을 치우기 위한 삽을 들고 있었다. 그런데 그 삽으로 하는 일이 일행이 했던 것과는 달랐다.

"어……."

형운이 멍청한 표정을 지었다.

백야문도들이 눈 속으로 삽을 찔러 넣고 퍼낸다. 고작 그것뿐이었는데 삽 주변의 눈이 모조리 그 위로 빨려 들어가듯 둥글게 뭉쳐서 휙휙 날아간다. 그리고 어느 시점인가 허공에서 흩어져서 사방으로 날린다.

별로 힘을 쓰는 것 같지도 않은데 너무나도 쉽게, 그리고 빠르게 눈을 치우고 있었다.

"어떻게 저렇게 되는 거지?"

"백야문의 무공 특성 때문이겠지."

여자라서 지금까지 마차 안에서 우아하게 놀고 있던 서하령이 끼어들었다. 형운이 그녀를 돌아보았다.

"응?"

"전에 황궁에 갔을 때 봤잖아? 진예라는 애가 쓰던 무공과 같아."

1년 내내 겨울 같은 날씨가 계속되는 설산에 위치한 백야
문의 무공은 한기를 다루는 데 특화되어 있었다. 눈과 얼음을
벗하며 발전해 왔기에 딱히 내공이 심후하지 않아도 저런 재
주를 부릴 수 있는 것이다.

백야문도들이 쉽게 눈을 치워준 덕분에 일행은 한 식경(약
30분) 정도 산을 오른 끝에 백야문에 도착할 수 있었다. 문파
의 정문 앞에서 이연이 말했다.

"본 문에 오신 것을 환영합니다."

이런 산골 오지에 있는데도 백야문은 웬만한 장원보다도
규모가 컸다. 다만 건물들이 한곳에 다 모여 있는 게 아니라
산 여기저기 흩어져 있는 구조라 오가려면 상당히 힘들겠다
싶었다.

곧 일행은 손님들을 위한 숙소로 안내되었고, 책임자인 형
운과 보좌 역인 조묵만이 이연을 따라서 문주인 설산검후(雪
山劍后) 이자령의 처소로 향했다.

"먼 길을 오느라 고생했군. 백야문에 온 것을 환영한다."

이자령은 황궁에서 보았을 때보다 소탈한 모습으로 두 사
람을 맞이했다. 백야문의 다른 문도들과 똑같은 옷을 입었는
데 문주임을 나타내는, 은을 세공해서 만든 눈보라의 형상을
한 장식품만을 가슴에 달고 있을 뿐이었다.

형운이 말했다.

"감사합니다. 오는 길에도 문주님의 배려를 실감하고는 감탄했답니다. 눈 덮인 산에서 제설 작업을 하는 건 정말 신선한 경험이었지요."

그 말에 조묵이 깜짝 놀라서 형운을 바라보았다.

물론 이자령이 노골적으로 일행을 골탕 먹이려고 한 짓이니 항의할 만하다. 하지만 까마득한 무림의 대선배, 그것도 살아 있는 전설이라 불리는 팔객의 일원을 상대로 이토록 겁 없이 비아냥거리다니?

'공자님이 이렇게 담이 크셨던가?'

조묵은 심장이 내려앉는 것 같았다. 하지만 형운은 태연하게 미소 지은 채 이자령을 바라보고 있었다.

속을 알 수 없이 차가워 보이기만 하던 이자령의 표정이 변했다. 그녀는 흥미로워하는, 하지만 동시에 꽤나 짓궂어 보이는 기색을 드러내며 말했다.

"기뻐해 주다니 나도 배려한 보람이 있군. 영성은 감성이 메마른 사람이라 화를 냈었는데 제자 교육은 아주 잘한 모양이야."

"칭찬 감사합니다. 사실 전 정말 놀랐답니다. 어려서부터 동경해 마지않았던 팔객의 일원이신 설산검후께서 이렇게나 소탈하고 정감 넘치는 분이었을 줄은 몰랐거든요."

"세상의 풍문이라는 게 다 그런 법이지. 실체와 상관없이 자기들이 떠들고 싶은 대로 왜곡된 이야기를 퍼뜨리는 법 아니겠나? 이존도 팔객도 다 사람일 뿐인 것을. 자네 사부 성질머리가 그런 것만 봐도 알 수 있는 일이지."

"정말 세상에 믿을 거 하나 없다는 사실을 알게 되니 기쁘네요."

둘이 화기애애하게 웃으면서 대화를 나누는데 그 사이로 퍼져 가는 기파가 날카롭다 못해 흉흉하다. 조묵은 심장이 옥죄는 기분이라 식은땀을 흘렸다.

문득 이자령이 표정을 풀었다.

"흠, 그 사부에 그 제자라고 똑같이 간이 부었군그래. 뭐, 사부처럼 오만방자하진 않으니 봐주지."

"……."

돌려서 비꼬는 건 그만두기로 한 모양이다. 실로 직설적인 그녀의 태도에 형운이 말했다.

"검후께서 사부님을 미워하시는 거야 알지만 저한테 화풀이하시면 곤란하죠."

"호오?"

이자령의 눈썹이 치켜 올라갔다. 동시에 방 안의 기운이 급속도로 냉각되기 시작했다. 비유가 아니라 문자 그대로 마치 밖에 나간 것처럼 공기가 차가워진다.

하지만 형운은 태연했다.

"거 까마득한 후배 상대로, 찾아온 손님을 대하는 예의에서 어긋난 장난을 치신 걸로도 모자라서 이런 식으로 핍박하려 하십니까? 사부님께서 검후께서 이러쿵저러쿵 하기는 해도 쩨쩨하진 않다고 말씀하셨는데, 저 실망할 것 같은데요?"

"…이러쿵저러쿵 한 건 또 뭐야?"

"전달하기가 좀 그래서 얼버무린 부분입니다."

"……."

"괜히 제가 화를 살 필요는 없잖아요? 사부님의 원한은 사부님에게."

"허어."

형운의 당당한, 아니 그보다는 뻔뻔한 태도에 결국 이자령이 실소를 흘리고 말았다. 동시에 실내를 냉각시키던 기운이 거짓말처럼 사라졌다.

형운이 물었다.

"조묵 아저씨, 괜찮아요?"

"…좀 추운 거만 빼면 괜찮습니다."

형운이야 멀쩡했지만 조묵은 으슬으슬 몸을 떨고 있었다.

이자령이 재미있다는 듯 미소 지었다.

"재미있는 녀석이로구나. 게다가 그 나이에 한서불침이라……."

이자령은 대번에 형운이 한서불침임을 꿰뚫어 보았다. 자신이 차가운 기파를 뿌렸을 때 내공을 끌어 올려 저항하는 기색이 전혀 없었기 때문이다. 그러면서도 저토록 태연하려면 통각이 마비되었거나 아니면 한서불침이어야 한다.

"어쨌든 영성의 면상 대신에 공자를 보게 되니 내 올해 운수가 그렇게 재수 없진 않은 모양이군. 혹시 그 아이도 왔나?"

"그 아이라면 누구를 말씀하시는지요?"

"내 제자에게 패배의 단맛을 알게 해준 서하령이라는 아이 말이야."

그 말에 형운이 의아해했다.

'패배의 단맛? 보통 쓴맛이라고 하지 않나?'

혹시 말을 실수한 건가 싶어서 이자령의 안색을 살펴보았는데 전혀 흐트러지는 기색이 없다. 설마 웃으라고 농담한 건가? 형운은 혼란스러워하며 대답했다.

"같이 왔습니다. 근처에 볼일이 있어서요."

"볼일?"

이자령이 의아해하며 물었다. 자신이 백야문의 문주이기는 하지만 이곳은 정말 아무것도 없는 곳이다. 머나먼 성해에 살던 서하령이 도대체 여기에 무슨 볼일이 있을까?

형운이 대답했다.

"이 부근에 청안설표의 일족이 있다고 들었습니다. 그들에게 가보기로 해서요."

"음? 그 일족과 연이 있는 건가?"

"하령이와 누나 동생 하는 녀석이 그 일족이거든요. 온 김에 얼굴을 보기로 했습니다."

"그랬군."

이자령이 고개를 끄덕이고는 말했다.

"그런 일이라면 안내인을 붙여주지. 그리고 그 아이에게 전해주면 좋겠군. 내 제자와 한 번 더 겨룰 생각 없냐고."

"전하겠습니다."

"표정을 보니 받아들이지 않을 거라고 생각하는 모양인데?"

"하령이가 귀찮은 걸 별로 안 좋아하거든요."

"그건 내 제자랑 똑같군."

"네?"

"내 제자도 귀찮다고 말을 안 들어서 큰일이거든. 어쨌든 그렇게 알아두지."

그리고 형운은 조묵과 함께 일행의 인원과 가져온 예물, 앞으로의 일정 등등에 대해서 사무적인 이야기를 나누고 이자령의 처소를 나섰다. 두 사람이 나가자 이자령이 피식 웃으며 중얼거렸다.

"역시, 귀혁하고는 전혀 닮지 않았어."

4

백야문 태상문주의 아흔 살 생일에는 인연이 있는 각지의 인물들이 초청받았다.

예전에는 백야문이 강호의 다른 문파들과 별로 연이 없었지만 설산검후 이자령이라는 걸출한 무인을 배출한 후로는 사정이 달라졌다. 그녀가 강호에서 맺은 인연이 워낙 많아서 그런지 상당한 인원이 축하를 위해 먼 길을 왔다.

그중에는 하운국의 명문정파 중에서도 그 명성이 수위를 다투는 도가 문파 태극문의 인물들도 있었다.

"이 설산은 정말 가도 가도 눈밖에 없군요. 눈이 아프네."

그렇게 투덜거린 것은 험악한 눈매를 가진 청년 도사였다. 아직 어린 티가 남아 있지만 덩치가 크고 목소리가 굵직해서 어디 가서 무시는 안 받을 인상이다. 백색과 청회색 바탕에 가슴에는 태극이 그려진 태극문의 도복을 입은 그는 어린 소녀 도사 하나를 업은 채로 설산을 오르고 있었다.

앞에서 길잡이 노릇을 하던 백야문도가 말했다.

"이제 얼마 안 남았습니다, 도사님."

"으, 이제 내려줘요, 가 사형."

청년 도사에게 업혀 있던 어린 소녀 도사가 말했다.

청년은 바로 팔객의 일원, 선검(仙劍) 기영준의 제자인 가신우였다.

가신우가 코웃음을 쳤다.

"발이 다 부르튼 주제에 이런 길을 어떻게 오르겠다고. 입 다물고 가만히 있어. 때 되면 내려줄 테니까."

"으으……."

분명히 배려하는 말인데도 깔보고 으름장을 놓는 것 같은 말투라 어린 소녀 도사가 울상을 지었다. 그것을 옆에서 보던 가신우의 스승, 선검 기영준이 쓴웃음을 지었다.

"신우야, 넌 왜 좋은 말을 하면서도 그렇게 상대를 겁먹게 하는 게냐? 소윤이 표정을 좀 보거라."

"뒤통수에 눈이 없어서 안 보입니다. 천성이 이렇게 생겨먹은 걸 어쩌겠습니까."

"그래서 가 사형이 여자들한테 인기가 없는 거예요. 좀 더 부드럽게 자기 마음을 보여줘야 한다니까요."

가신우의 등 뒤에 업힌 어린 소녀 도사, 소윤이 한마디 했다. 가신우의 인상이 구겨졌다.

"시끄러워. 도사가 여자한테 인기 있어서 뭐해?"

"그러니까 노유 사저한테 차인 거라구요."

"입 다물라 그랬지?"

가신우가 인상을 구겼다. 같은 일행들이 가신우에게서 시선을 피하며 웃음을 참았다.

기영준이 쓴웃음을 지었다. 사실 그는 가신우를 데려오지 않으려고 했다. 가신우가 요즘 사문의 어른들에게 무공 수련을 받으면서 실력이 일취월장하고 있는 중이라 방해하기 아깝다고 여겼던 탓이다.

하지만 가신우는 부득불 고집을 부려서 사부를 따라나섰는데 그 이유가…….

'내 제자도 청춘이로구나.'

한 살 어린 속가제자인 노유에게 연심을 보였다가 거절당해서 상심한 탓이라지 않은가? 알고 보니 노유는 명문가 출신이라 정혼자가 있는 몸이었고 가신우의 태도 때문에 그를 무서워했다나 뭐라나.

문득 가신우가 기영준에게 물었다.

"사부님, 그 녀석은 와 있을까요?"

"그 녀석이라면 누구 말이냐?"

"형운이라는 녀석요. 이번에 온다고 했다면서요."

"흠, 글쎄다. 아직 시일이 많이 남았으니 알 수 없는 일이지. 그런데 신우야, 이 사부가 하나 당부하고 싶은 게 있구나."

"말씀하세요."

"부디 그 공자에게 시비 거는 일이 없도록 해라."

"어, 왜요? 비무 정돈 해봐도 되잖아요!"

"…역시 그럴 생각이었구나."

예상한 대로의 대답에 기영준이 혀를 끌끌 찼다. 그러고는 말했다.

"이번에는 영성이 안 오시고 형운 공자가 대신 왔다고 하니 별의 수호자를 대표하는 얼굴이지 않겠느냐? 사부들이 다 있을 때라면 어른들끼리 잘 말해서 기회를 만들어줄 수도 있겠지만 그런 입장으로 온 사람에게 시비를 걸면 안 된단다."

"아, 말도 안 돼. 설욕할 기회만 기다리고 있었는데!"

가신우가 하늘이 무너지는 표정을 지었다.

그가 황궁에서 형운과 겨루어 패배한 지도 벌써 2년이 지났다.

그동안 가신우는 눈매가 좀 더 험악하고 덩치가 커져서 갈수록 도사하고는 어울리지 않는 인상이 되었고, 마음을 다잡고 열심히 수련에 매진한 결과 이전과는 비교도 할 수 없을 정도로 무공이 진보했다.

기영준이 쓴웃음을 지었다.

"도사가 그렇게 싸움을 좋아해서 어쩌누."

"싸움을 좋아하는 게 아니에요. 지고는 못 사는 것뿐이지."

"오히려 그 공자에게는 감사해야 하는 것 아니냐? 마음을 다잡는 좋은 계기가 되었으니."

천유하와 형운에게 연달아 패한 후 가신우는 변했다. '세상에 나보다 뛰어난 놈은 없다!' 고 확신하던 오만방자함을 버리고 사부의 가르침을 보다 진지하게 받아들였다.

가신우가 말했다.

"무슨 말씀을! 어차피 도문에 몸담은 자가 무공을 연마하는 것은 스스로가 세운 보다 높은 뜻을 이루어 진정한 조화에 도달하고자 함이니 향상심과 승부욕 또한 소중히 여겨야 하는 거 아니겠습니까?"

"내 제자가 그새 제법 도사다운 달변도 할 수 있게 되었구나?"

"본 문의 밥을 먹은 것이 몇 년인데 이쯤은 할 수 있어야지요."

"그래도 그 공자에게 시비를 거는 건 안 된다. 그랬다가는 벌받을 각오를 좀 해두거라."

"…쳇."

사부의 엄명에 가신우는 불만 가득한 얼굴로 구시렁거렸다.

5

형운 일행은 백야문 태상문주 아흔 살 생일보다 보름 가까이 앞서서 도착했다.

백야문이 워낙 오지에 있다 보니 미리미리 와서 도착한 다른 이들이 없진 않았지만 역시나 적은 수였다. 한동안은 무료한 나날들을 보내야 할 것 같았지만……

"크으, 꿀맛이구나!"

단 한 사람, 형운만은 신이 나 있었다.

백야문이 손님들을 대접하고자 내놓는 음식은 호화로움과는 거리가 멀었다. 아무래도 문파 자체가 오지에 있다 보니 식재료가 귀할 수밖에 없다. 그나마 매 끼니마다 고기가 나오는 것은 추운 날씨 덕에 장기간 보관할 수 있기 때문이리라.

하지만 형운은 그 음식을 정말 눈물 나게 맛있게 먹고 있었다.

"역시 사람은 이런 걸 먹고 살아야지!"

워낙 맛없는 것만 먹고 살아서일까? 정상적인 음식을 먹을 때 형운의 미각은 실로 폭발적인 감동을 전달했다.

원래부터 설산에 사는 사람들에게는 음식이 귀한지라 다들 끼니를 거르지 않을 수 있는 걸 감사히 여긴다. 하지만 아무리 그들이라도 형운만큼 식사에 감동하진 못하리라.

형운은 매번 1인분으로는 부족하다는 듯 '한 그릇 더!'를 외쳤기 때문에 백야문의 주방장은 알아서 3인분 정도를 꾹꾹 눌러 담아주었다.

산더미처럼 쌓인 밥과 반찬들을 무시무시한 속도로 먹어 치우는 형운을 보던 서하령이 한마디 했다.

"돼지."

"난 맛없는 것에 고통받는 사람이기보다 맛있는 것에 행복해하는 돼지로 남겠어!"

"……."

"힘든 길을 온 보람이 있었어. 지금이 내 인생에서 가장 행복한 때야."

형운은 진짜 너무 기쁜 나머지 눈물을 글썽이고 있었다. 이쯤 되니 서하령조차도 차마 독설을 던질 엄두가 나지 않았다.

백야문에서는 몇 명만이 예외일 뿐, 모두 정해진 시간에 식당에 모여서 식사를 했는데 그것은 손님들도 마찬가지였다. 주방에서 조리를 해서 밖을 지나서 처소로 갖다 주면 싸늘하게 식어버리기 때문이다. 그것을 감수하고 갖다달라고 하면 갖다 주기는 하지만, 형운이 그쪽을 선택할 리가 없었다.

문득 형운이 말했다.

"근데 진예 그 애는 안 보이네."

"그러게. 백야문도들이 우리 뒷시간에 식사를 하긴 하지만……."

서하령도 의아해했다.

손님들의 수가 많았기 때문에 아침, 점심, 저녁 식사 시간을 셋으로 나누어서 운용하고 있었고 백야문도들은 가장 나중에 먹었다. 그렇다고는 해도 사흘간 일행은 이런저런 백야문도들을 만났는데 그중에 진예의 모습은 없었다.

문득 서하령이 눈을 크게 떴다.

"이 기운은……."

"음?"

"도가의 사람들이 온 모양이야."

서하령이 입구 쪽을 바라보았다. 그보다 약간의 시간이 흐른 뒤, 형운도 그녀의 말뜻을 알 수 있었다.

"그러게."

천라무진경을 터득한 서하령의 기감은 무섭도록 발달해 있었다. 그래서 건물 밖에서, 그것도 꽤나 멀리서 다가오고 있는 인물들의 기파가 백야문도들의 것과는 다른 이질적인 것임을 감지한 것이다.

형운도 일월성신을 이룬 후로 기감이 많이 좋아졌지만 서하령이 하는 짓은 여전히 흉내도 못 내겠다. 내심 혀를 내두르는데 입구가 열리고 열 명 정도의 도사들이 들어왔다.

"어……."

그들을 본 형운이 눈을 크게 떴다.

그리고 그들 중에서도 한 사람이 형운을 바라보았다.

"너!"

등에 어린 사매를 업고 있는 가신우였다.

형운이 젓가락을 내려놓고 일어나 도사들에게 다가갔다. 그리고 가신우는 본체만체하고 기영준에게 정중하게 인사했다.

"오랜만에 뵙습니다, 대협. 별의 수호자 영성의 제자 형운입니다."

"이런 곳에서 아는 얼굴을 만나니 반갑소. 소협께서는 많이 성장하셨구려."

기영준이 빙긋 웃으며 답례했다.

그러자 가신우가 빽 소리를 질렀다.

"야! 형운! 지금 나 무시하냐?"

"그럼 내가 네 사부님 놔두고 너부터 알은척하리? 그건 어느 나라 예절이야?"

"어……."

"별로 말 나눠본 적도 없어서 그렇게 친한 척하니 어색하구만. 그리고 그런 모습도 어색하고. 그런 성격인 줄 몰랐는데?"

형운의 눈길이 가신우가 업고 있는 소윤에게로 향했다. 가신우의 얼굴이 붉어졌다.

"아니, 이건 그러니까… 불가항력이다!"

"불가항력?"

"소윤 사매가 발을 다쳐서 업으라는 사부님의 엄명 때문에 어쩔 수 없이! 업고 있는 거야! 딱히 내가 소윤 사매를 업어주고 싶어서 이러고 있는 게 아니라고!"

"…억지로 업어놓고는 내려달라고 했더니 내려주지도 않고 계속 업고 있으면서."

업혀 있던 소윤이 입술을 삐죽였다.

"야! 입 다물어!"

"다 왔으니까 내려주기나 해요! 뭐 하는 짓이야 이게!"

"으……."

얼굴이 새빨개진 가신우가 소윤을 내려놓았다. 그런데 이 모습이 또 의외다. 당장에라도 그녀를 던져 버릴 것 같은 표정을 짓고 있는 주제에 아주 조심스럽게 몸을 낮추어서 다리를 다친 그녀가 아프지 않게 배려하는 게 아닌가?

형운은 자기도 모르게 서하령을 바라보았다. 그녀도 형운을 바라보며 완벽하게 같은 생각을 공유했다.

'의외로 좋은 녀석인가?'

그런 시선을 눈치 챈 가신우는 완전 폭발 직전이 되어 있었다. 기영준이 웃음을 참으면서 말했다.

"식사 중에 소란을 피워서 미안하군. 일단 우리도 식사를 하겠네."

"아, 네."

기영준은 가신우와 다른 도사들을 데리고 자리를 잡았다. 형운도 자기 자리로 돌아와서 식사를 마치고, 각자의 처소로 갔다.

6

백야문의 제자들에게 있어서 진예는 보기 힘든 사람이었다.

문주인 설산검후 이자령의 제자이기 때문이 아니다. 이자령은 진예 말고도 제자를 다섯이나 더 두었다. 그녀의 연배도 연배고 또 강호에 이름을 떨친 팔객의 일원으로서 그 진전을 사문의 많은 제자들에게 전하고자 했기 때문이다.

그래도 성운의 기재라는 진예는… 좀 이상했다.

"사매!"

서금척은 20대 중반의 젊은 청년으로 근방의 마을에서 백야문도로 선발되어 무공을 배우다가 그 재능을 인정받아서 이자령의 다섯째 제자가 되었다. 몇 년 동안이나 막내 노릇을 하다가 뒤늦게 진예를 사매로 받았기에 그녀를 아껴주었다.

문제는 그런 마음이 사라지는 데 얼마 안 걸렸다는 거지만.

"사매! 어디 있어?"

진예가 거처에 없어서 종종 가는 뒤쪽의 언덕으로 가봤는데 거기도 모습이 보이지 않는다. 하지만 서금척은 모습이 보이지 않는다고 해도 진예가 거기 있음을 확신했다.

"사부님이 찾으시는데 나랑 이렇게 술래잡기나 하고 있을 거야? 자꾸 이러면 사부님 불러온다?"

"음……."

그러자 서금척의 바로 지척에서 나른한 목소리가 들려왔다. 서금척은 깜짝 놀라서 뒤쪽을 바라보았다.

"발 치워주세요, 사형."

"아니, 거기 들어가 있었어?"

서금척이 기가 막혀하면서 뒤로 물러났다. 막내 사매가 몸을 숨기는 솜씨가 워낙 귀신같아서 이제는 그녀가 직접 모습을 드러내지 않으면 도저히 찾을 수가 없었다.

곧 그의 발자국이 남아 있던 자리의 눈이 진동하기 시작했다.

스스스스스……

눈이 부서져서 사방으로 흩어지면서, 그 속에 누워 있던 소녀가 모습을 드러냈다. 졸린 눈을 한 그녀는 귀찮다는 듯 상반신을 일으키고는 기지개를 켰다.

"수련 중이었는데."

"거짓말하지 마. 자고 있었던 거 뻔히 아는구만!"

"이것도 수련의 일환이에요."

"사부님 앞에서도 똑같이 말해보지그래?"

"……."

진예가 입술을 삐죽이면서 몸을 일으켰다.

모르는 이가 보았다면 보기만 해도 몸이 얼어붙는 것 같았으리라. 눈 속에 누워서 자고 있던 그녀는 백야문도복 하나만 걸친 데다 맨발이었다.

그녀도 올해로 열여덟 살이 되었지만, 겉보기로는 전혀 그렇지가 않았다. 체구가 작아서 해봤자 열대여섯 살 정도로밖에 안 보인다.

서금척이 혀를 내둘렀다.

'진짜 천재이기는 한데…….'

성운의 기재라는 진예는 정말 경이로운 재능의 소유자였다. 사형제들도 일찌감치 오직 그녀만이 이자령의 모든 진전을 이어받을 인재임을 인정할 수밖에 없었을 정도로.

지금 그녀가 하던 짓만 해도 그렇다. 눈 속에 들어가서 한기에 둘러싸인 채 내력을 운용하는 것은 백야문 무공을 수련하는 방법 중에서도 고위에 속한다. 그런데 그녀는 정말로 잠을 자면서도 그런 짓을 할 수 있었다.

하지만 그런 재주를 가졌으면서도 그녀는 무공을 연마하

는 걸 좋아하지 않았다.

'움직이는 걸 이렇게 싫어해서야 원.'

정확히는 그녀가 싫어하는 것은 무예에 속하는 영역이라 하겠다. 그녀는 몸을 움직여서 단련하는 걸 엄청나게 싫어해서 도대체 왜 무인이 되겠다고 마음먹었는지 의아할 정도였다. 아무리 그녀가 성운의 기재라고 해도 이래서야 무인으로서 높은 경지를 추구할 수 있을 리 만무하다.

'남자라면 패서라도 정신 차리게 하겠는데… 아니, 그런 문제가 아니지?'

참고로 이자령은 진예가 땡땡이치려고 수를 쓸 때면 쫓아가서 팬다. 그런 일이 셀 수 없이 반복되는데도 진예는 여전히 이 모양 이 꼴이었다.

진예가 물었다.

"그런데 무슨 일이래요?"

"사부님이 너한테 맡길 일이 있다고 하셔."

"뭐 때려잡고 오래요? 마수? 요괴?"

"이번에는 그런 일은 아니고……."

백야문은 하운국이 설정한 행정구역에서 벗어나 있는 이곳 설산의 패자라고 할 수 있었다. 그렇기에 주변에서 뭔가 일이 났다 싶으면 문도들을 파견해서 처리하는데, 진예도 벌써 여러 차례 그런 일을 수행해 왔다.

서금척이 말했다.

"손님들을 위해서 길잡이 노릇 좀 하라는데."

"음? 그런 건 마을의 문도들이 하는 일이잖아요?"

"그런 일이 아니라, 여기서 다른 곳으로 갈 일이 있다고 해서."

"흠……."

진예는 의아해하면서도 더 묻지 않았다. 납득해서 그런 건 아니고 그냥 귀찮아서 그런 것이다. 그녀는 몸을 쓰는 일만이 아니라 사람들이랑 말을 섞는 것도 귀찮아했다.

7

하지만 그런 진예도 자기가 안내할 사람이 누군지 알게 되자 놀랄 수밖에 없었다.

"당신들이 왜 여기에 있어요?"

"……."

형운과 서하령이 황당해하며 서로를 바라보았다.

'왜 여기에 있긴, 댁들이 초대했으니까 왔지.'

문주의 제자씩이나 되면 문파의 행사는 물론, 손님들의 면면에 대해서도 알고 있어야 하는 거 아닌가? 그런데 진예는 진심으로 형운과 서하령을 보며 당황하고 있었다.

형운이 말했다.

"귀 문의 태상문주께서 곧 아흔 살 생신이라 해서 초대받아 온 겁니다만."

"태상문주님 생신? 아, 그거… 벌써 그렇게 됐구나."

"……."

이자령은 아무 설명도 안 해주고, 그냥 이 거처에 머무르는 손님들에게 가서 그들이 원하는 곳으로 안내해 주라는 명령만 내렸다. 아무래도 그녀를 골탕 먹이려고 그런 것 같았다.

서하령이 물었다.

"오랜만이네요, 진예 양."

"그렇네요."

진예는 자신이 완패했던 서하령을 보고도 별 감정을 보이지 않았다. 그저 자기가 모르는 새 둘이 여기에 와 있었다는 사실에 놀랄 뿐이다. 심지어 남녀노소를 막론하고 다들 절로 눈길이 가는 서하령의 외모에도 아무런 감흥이 없는 듯했다.

서하령이 물었다.

"실은 검후께서 제게 부탁을 하나 하셨는데……."

"뭔데요?"

"진예 양과 비무 한번 해주지 않겠냐고 하시던데요?"

"…설마 받아들이신 건 아니지요? 그죠?"

진예가 화들짝 놀라며 물었다. 받아들였으면 어쩌나 걱정하는 기색이 역력하다. 서하령이 빙긋 웃으며 말했다.

"생각해 보겠다고 했는데요."

"부디 거절해 주세요! 제발!"

"왜요?"

"그야……."

진예가 울상을 지으며 말했다.

"상상만 해도 귀찮잖아요!"

"……."

"2년 전에 한번 싸워서 졌으면 됐지 뭘 또 맞붙고 싶어 하신담. 또 내가 질 게 뻔한데."

진예의 투덜거림에 서하령은 좀 어이없어하며 물었다. 어차피 거절할 생각이었지만 진예가 워낙 엉뚱해 보여서 놀리려고 했는데 나오는 반응이 상상을 초월한다.

"그렇게 자신이 없어요?"

"없는데요."

"……."

"그쪽은 그동안 불철주야 열심히 수련했을 거 아니에요. 전 수련 열심히 안 했어요. 그러니까 제가 지겠지요."

이러면 할 말이 없다.

하지만 아무리 그래도 보통 문파 외인들에게 이런 식으로 말하던가? 그만한 재능을 타고났으면서 이런 태도를 보이는 건 이해하기 어려웠다.

진예는 그런 형운과 서하령의 황당함을 싹 무시하고 물었다.

"그런데 어디로 가세요? 가면 알 거라고만 들어서."

"…아, 청안설표의 일족이 사는 곳으로 가려고 하는데요."

"흠, 거기라면 비교적 가깝긴 한데……."

"얼마나 걸리는데요?"

"보통 사람 걸음으로는 나흘쯤 걸리는데 제가 가면 오늘 해 지기 전에 가요."

"그렇게나 차이가 납니까?"

"아무래도 가는 길이 험하기도 하고 위험하기도 하고. 근데 두 분 다 무공이 뛰어나시니 괜찮을걸요? 뭐, 가는 길에 이거저거 덮치는 것들이 있을 가능성이 크기는 하지만 붙잡히지만 않으면 되니까."

"이거저거 덮치는 것들이라니 그건 뭔데요?"

"요괴라든가 마수라든가, 가벼우면 맹수라든가?"

그렇게 태연한 얼굴로 할 말이 아닐 텐데? 형운은 질린 표정을 지었지만 진예는 뭐가 문제냐는 듯 고개를 갸웃거리고 있었다.

진예가 말했다.

"식사는 하셨어요?"

"네."

"그럼 곧바로 출발하지요."

"지금 바로요?"

"해 질 때까지 두 시진도 안 남았으니까요. 밤이 되면 좀 성가신 것들이 어기적어기적 기어 나올 수도 있고……."

"성가신 거라니……."

"뭐 그것들 나오기 전에 청안설표 일족의 영역까지 가면 돼요. 아니면 내일 아침 일찍 출발하실래요? 그럼 좀 여유 있게 갈 수 있고 저도 그 핑계로 잘 수 있으니까 좋은데. 아, 그게 좋겠네. 그렇게 하죠?"

"…그냥 지금 가죠."

"에이."

진예는 정말 노골적으로 실망하는 표정을 지었다.

그들은 곧바로 채비를 갖추고 숙소를 나섰다. 형운과 서하령, 그리고 가려 세 사람이 진예와 함께 백야문을 떠나 설산 너머로 달리기 시작했다.

8

"저런 게 나온다고 미리 말해줬어야지!"

형운이 비명을 질렀다.

저편, 언덕 위쪽에 커다란 그림자들이 서 있었다. 눈이 시뻘겋고 온몸이 두꺼운 흰색 털로 뒤덮인 인간을 옆으로 늘리고 우락부락하게 키워놓은 것 같은 괴물들이다. 양팔이 땅에 닿을 정도로 길고 굵은 그들은 설산의 사람들이 설인(雪人)이라고 부르는 요괴였다.

높은 지대를 점거한 그들은 일행을 보자마자 다짜고짜 눈덩이를 던져 대기 시작했다. 그런데 누가 요괴 아니랄까 봐 특별한 능력이라도 있는지 뾰족하고 커다란 발톱이 돋은 팔을 눈 속으로 찔러 넣으니 절로 둥글고 단단한 눈덩이가 만들어지는 게 아닌가?

쿵! 쿠궁! 쿠구구구궁!

무시무시한 속도로 눈덩이를 만들어서 던져 대는데 이게 위력이 장난이 아니다. 눈덩이가 주변에 떨어질 때마다 눈이 폭발하듯이 사방으로 비산했다.

수십의 설인이 눈덩이를 쉬지 않고 던져 대니 진짜 정신이 없다. 하지만 진예는 태연했다.

"괜찮아요. 발은 느려서 잘 못 쫓아오거든요."

"이런 건 괜찮다고 안 해!"

그리고 그들이 겪어야 할 고난은 설인으로 끝나지 않았다.

겨우 설인들에게서 벗어난 일행은 그다음에는 길 위에서 몸을 일으키는 거대한 회색 곰을 만났다.

"세상에……."

형운이 입을 쩍 벌렸다.

'거대한 곰'이라고 하는 것만으로는 이 곰이 얼마나 큰지 전달되지 않는다. 몸을 일으키지도 않고 네발로 서 있는데 노려보는 눈높이가 5장(약 15미터)은 된다면 그 크기를 이해할 수 있겠는가?

진예가 태연하게 말했다.

"아, 설백거웅(雪白巨熊)이에요. 발도 빠르기는 한데 내리막길에서는 느리니까 아래쪽으로 도망가면 돼요. 따라오면서 막 울부짖을 텐데 그럼 눈사태가 일어날 수 있으니까 조심하시구요."

"……."

그러니까 그런 걸 태연하게 말하지 말라고!

일행은 한마음 한뜻으로 진예를 노려보았지만 그녀는 신경도 안 쓰고 길옆의 경사를 타고 달리기 시작했다. 눈 덮이고 얼어붙어서 일반인은 아예 거기로 접근하는 것조차 피해야 할 것 같고, 아무리 무인이라도 까딱하다가는 미끄러져서 저승길에 오를 것 같은데 전혀 주저함이 없다.

그녀가 거의 절벽에 가까운 경사에서 멈춰 서더니 말했다.

"빨리 오세요. 눈사태 오고 있어요."

"응?"

그 말에 일행이 놀라서 옆쪽 경사를 바라보았다.

쿠구구구구······!

멀리서 일행을 향해 다가오고 있는 설백거웅이 우렁차게 몇 번 포효했을 뿐이거늘, 그 여파로 언덕 위에 쌓여 있던 눈들이 쏟아져 내려오고 있었다. 즉 눈사태다.

그것을 본 서하령이 즉시 진예의 뒤를 따라서 달리기 시작했다.

"우와아아아아아아!"

한 박자 늦게 형운도 비명을 지르며 그 뒤를 따랐다.

하지만 일행의 고난은 그걸로 끝이 아니었다. 얼마 후에는 또 덩치가 황소만큼이나 크고 눈동자가 새까만, 꼬리가 도깨비불처럼 일렁거리는 새하얀 늑대의 무리들에게 쫓기고 있었다.

"이놈들은 또 뭐야!"

"설랑(雪狼)들이에요. 이대로 한 500장(약 1.5킬로미터) 정도만 도망가면 영역을 벗어나서 되돌아가니까 잡히지만 마세요."

"그런 건 영역에 들어가기 전에 미리 설명을 하라고!"

형운의 말에 진예가 고개를 갸웃했다. 진짜 뭐가 문제인지 모르는 표정이었다.

"그런다고 달라지는 거 없잖아요? 어차피 저거 말고 다른

게 올 수도 있는데요?"

"마음의 준비라는 게 필요하단 말이다! 게다가 저것들 무지 빠르잖아!"

"음? 공자가 더 빠른데 뭐가 문제예요?"

형운은 다른 건 몰라도 심후한 내공 덕분에 장기간 경공을 펼치는 것 하나만은 자신 있는 몸이다. 진예는 백야문의 무공 특성 덕에 설산에서 펼치는 경공은 정말 자신 있는데 형운이 전혀 사정을 봐주지 않아도 너무 잘 따라와서 놀라고 있었다.

형운이 화를 냈다.

"나만 문제가 아니잖아!"

동시에 형운이 속도를 확 줄인다.

제일 끝에서 따라오던 가려 바로 뒤쪽까지 설랑이 따라붙었기 때문이다. 아무래도 가려의 내공이 가장 처지다 보니 이렇게 열악한 지형에서 장기간 질주하면 금세 바닥이 드러난다.

"큭!"

자신을 덮쳐 오는 설랑을 보면서 가려가 대응하려는 순간이었다.

"이 자식! 어딜 감히 누나한테 이빨을 들이대!"

뒤쪽으로 몸을 날린 형운이 호쾌한 날아차기로 설랑을 후려갈겼다.

캐갱!

설랑이 비명을 지르며 나가떨어졌다.

하지만 상대는 무리를 지었다. 형운이 잠시 주춤하는 사이 다른 설랑들이 달려들었다.

황소만 한 늑대들이 한꺼번에 달려든다니, 오금이 저리는 광경이다. 하지만 형운은 겁먹는 대신 주먹을 날렸다.

"꺼져! 이것들아!"

파아아아앙!

섬광이 폭발하면서 주변의 눈이 산산이 흩날렸다.

후우우우우!

충격파에 휩쓸려 나가떨어진 설랑들 한가운데서 형운이 모습을 드러냈다. 광풍혼을 전개, 반투명한 푸른 기류가 전신을 휘감고 빠르게 흐른다.

크르르르르……

위협적인 기파가 흘러나왔지만 설랑들은 물러나지 않았다. 어느새 형운과 가려 주변을 포위하고 기회를 노리기 시작했다.

형운이 바짝 긴장한 채 주변을 살폈다.

'일격으로 길을 뚫어야 해.'

힘을 집중한 기공파로 포위망의 일각을 뚫은 뒤 가려를 안고 몸을 날린다. 형운은 그것을 위해 내력을 모았다.

─형운!

그때 서하령의 전음이 날아들었다. 형운은 그녀 쪽을 바라보지도 않고 말했다.

─도우러 오지 마! 한 번에 빠져나갈 거야!

─그게 아니라! 머리 위를 봐!

"응?"

형운은 자기도 모르게 위쪽을 바라보았다.

순간, 대치하고 있던 설랑들이 이때구나 하면서 달려들었다. 서로 팽팽하게 노려보고 있던 상황에서 이런 틈을 주다니 바보짓이다.

그런데 그 직후 하늘에서 커다란 그림자가 내리꽂혔다.

파아아아아!

설랑들보다도 덩치가 두 배 이상 더 큰 덩치의 네발짐승 두 마리가 그 자리에 뛰어든 것이다. 어찌나 먼 곳부터 도약해 왔는지 마치 하늘을 날아온 것 같았다.

'이건……'

형운은 자기 주변을 감싸듯이 나타난 그들이 새하얀 털에 얼룩무늬를 가진, 파란 눈의 표범들이라는 것을 알아보고는 놀랐다.

'청안설표?'

그 이름 그대로의 모습이었다.

"훗, 늦진 않았군."

그리고 그 속에서 맑은 목소리가 울렸다. 형운은 순간적으로 청안설표들이 말했나 싶었지만, 곧 그들 사이에 한 사람이 끼어 있었다는 사실을 알아차렸다. 영수인 청안설표들과 무척이나 비슷한 기운을 가진 그가 형운 앞으로 걸어왔다.

"야, 형운 이 자식아! 오랜만이다! 네가 반가워 보이는 날이 올 줄은 진짜 상상도 못 했는데!"

형운은 자기를 보고 진심으로 반가워하는 사람을 보고는 멍하니 물었다.

"…누구냐, 너?"

생전 처음 보는 소년이 거기 서 있었다.

9

마치 옥으로 빚은 듯이 귀티가 좔좔 흐르는, 수려하기 짝이 없는 용모의 소년이었다. 찰랑거리는 검은 머리칼에 푸른 눈동자, 잡티 하나 없는 피부에 활짝 웃는 얼굴이 화사하기 그지없어서 또래의 소녀들은 보기만 해도 애간장이 녹을 것 같다.

털가죽을 대충 걸치고 있는 거친 옷차림도 그의 용모가 발하는 빛을 바래지 못했다. 이래서 옷걸이가 좋으면 뭘 입어도 멋지다고 하는가 보다.

그런 소년의 표정이 굳었다.

"뭐?"

"왠지 전에도 이런 일이 있었던 것 같은데… 그래서 혹시나 하는 마음이 안 드는 건 아니야. 근데 아무리 생각해도 넌 처음 보는 사람 같거든?"

"……."

상대가 할 말을 잃었다. 그러나 곧 얼굴이 붉어지더니 화를 냈다.

"이 자식! 오랜만에 만나서 하는 소리가 그거냐! 날 한 번 이겼다고 이제 완전히 적수로도 취급 안 해준다 이거야?"

그 말에 형운이 한숨을 푹 쉬었다.

"발끈해서 하는 소리를 들으니 내 짐작이 맞는 것 같군. 너 마곡정이냐?"

"그래, 이 자식아! 다 알면서 사람을 조롱하다니! 난 그래도 너 온다는 소식 듣고 마중하러 열심히 달려왔는데!"

"아, 아니. 조롱하거나 그럴 생각은 없었어. 진짜다."

"믿을 소리를 해라!"

"진짜라니까."

"음흉한 자식. 젠장, 내가 미쳤나? 왜 이런 놈 만나는 걸 반가워했지?"

"야, 너 거울은 보고 사냐? 마지막으로 봤을 때랑 완전 딴 사람 얼굴이잖아! 목소리까지 완전히 달라졌구만!"

"응? 어디가?"

마곡정이 눈살을 찌푸렸다. 형운이 무슨 말을 하는지 전혀 모르겠다는 표정이다.

"…진짜 모르겠냐?"

"모르겠는데. 뭐 좀 변하기야 했지만 못 알아볼 정도는 아니지 않나?"

"무서운 놈……."

형운이 혀를 내둘렀다. 전에 우락부락하게 변했을 때도 그러더니만, 자기 외모에 대한 자각이 전혀 없는 것 같다.

'아무리 영수의 혈통이라도 그렇지, 어떻게 사람이 이렇게 변하지? 성장기라 쑥쑥 자라면서 바뀌는 것도 정도가 있지…….'

마곡정의 지금 외모는 한 바퀴 돌아서 제자리로 돌아온 느낌이다. 미소년이었다가 우락부락한 짐승남이 되었다가 다시 미소년으로 회귀…….

그때 청안설표 중 하나가 슬쩍 고개를 돌리며 말했다.

"곡정이 형, 쌓인 이야기를 하는 건 돌아가서 하는 편이 낫지 않겠어?"

형운이 깜짝 놀라서 그를 바라보았다. 영수가 사람의 말을

한다는 건 들었는데 직접 들으니 충격이다. 게다가 뭐? 마곡
정보고 형이라고?

마곡정이 말했다.

"아, 그러지. 근데 저 늑대들은 어쩌지? 여기 쟤네 영역인
데 안 싸워도 되나?"

"힘없는 것들하고 투닥거릴 필요가 뭐 있어? 걱정 마. 그냥
가면 돼."

"그렇다면야."

청안설표가 걸어 나가자 주변을 포위하고 있던 설랑들이
양옆으로 갈라져서 길을 텄다. 노려보고는 있지만 덤비기는
커녕 으르렁거리지도 못하는 걸로 봐서 압도적인 힘의 차이
가 있는 모양이었다.

다른 청안설표가 말했다.

"불안할 테니 형님 뒤를 따라가요. 우리가 따르면서 호위
해 줄 테니."

"아, 감사합니다."

형운은 자기도 모르게 인간에게 하듯이 예를 표했다. 그러
자 청안설표가 히죽 웃는데 정말 짐승이라고는 믿어지지 않
을 정도로 뚜렷한, 마치 인간 같은 표정이었다.

설랑들의 포위망을 빠져나오자 서하령이 다가와서 물었
다.

"곡정이 너 완전 변했다?"

"음, 그래? 잘 모르겠는데."

"최소한 보기는 좋던 예전으로 돌아왔네. 떠나기 전에는 같이 다니기 싫었는데."

"……."

서하령의 가차 없는 말에 마곡정이 표정을 구겼다. 그가 투덜거렸다.

"와, 2년 만에 보는데 어쩌면 이렇게… 아니, 이래야 누나답지. 이제야 진짜 누나를 만났다는 실감이 드네."

"그런데 어떻게 알고 온 거야?"

"할아버지께서 손님 온다고 마중 나가라고 하시더라고. 거처에서 잘 안 움직이시지만 무슨 일이 일어나면 귀신같이 아시거든. 무슨 천리안이라도 있으신 것 같다니까."

"헤에……."

"그런데 왜 이쪽 길로 온 거야?"

"응?"

"여긴 사람들이 다니는 길이 아닌데? 이 근처야 온통 요괴들 천지라서 사람이 나타나기만 하면 멀리서도 냄새를 맡고 득달같이 달려드는데……."

그 말에 형운과 서하령, 가려의 시선이 자연스럽게 진예에게 향했다. 뭔가 하고 싶은 말이 가득 담긴 세 사람의 시선에도 진예는 전혀 당황하지 않고 말했다.

"이 길이 제일 빠르거든요. 빙빙 돌아가는 길 귀찮아요. 너무 귀찮아서 한 번 간 후로는 안 갔기 때문에 전 그 길 몰라요."

"…야! 그런 이유로 손님들을 이런 위험의 구렁텅이로 몰아넣냐!"

형운이 더 참지 못하고 버럭 소리를 질렀다. 이미 진예에게 존대할 마음은 흔적도 없이 사라진 지 오래였다.

'설산검후, 이 성격 꼬인 아줌마 같으니. 잊지 않겠다……'

아무리 봐도 상식을 갖춘 다른 사람 대신에 진예를 길잡이로 붙여준 것에서 어디 한번 엿먹어보라는 의도가 풀풀 풍겼다. 형운은 이자령을 떠올리며 이를 득득 갈았다.

10

청안설표 일행과 합류한 일행은 반 시진(1시간) 정도 더 가서 그들의 마을에 도착할 수 있었다. 청안설표들이 호위해 준 덕분에 그전과는 비교도 할 수 없을 정도로 쾌적했다.

"사람들이 꽤 많네?"

설산 한복판에 있는 청안설표의 마을은 사람들이 지은 돌움막이 옹기종기 모여 있었다. 산골의 작은 마을 수준이기는 하지만 그래도 5, 60명 정도는 있을 것 같은 규모였다.

마곡정이 말했다.

"우리만 사는 건 아니니까. 기본적으로 우리 일족은 별로 무리 지어서 행동하길 즐기지 않아서 성년식을 치른 후에는 독립해서 설산 여기저기로 흩어져. 근데 뭐, 나이 먹으면 다시 돌아오는 경우도 많고 친하게 지내는 다른 영수들도 기어들어 오고 그래서 마을이 유지되더라고."

"흠, 그렇구나."

설표는 부모 슬하에서 독립할 나이가 되면 그 후로는 단독 생활을 한다. 청안설표의 일족은 인간과 비견될 지성을 가진 영수였지만 그러한 습성은 비슷한 것 같았다.

문득 서하령이 물었다.

"그런데 너, 살 만해 보인다?"

"응?"

"편지 내용들이 워낙 그래서 걱정을, 뭐 많이 하지는 않았고 개미 눈곱만큼은 했는데 괜히 먼 곳까지 왔다 싶은……."

"무슨 말을 그렇게 해? 내가 얼마나 힘들었는데!"

마곡정이 울상을 지었다. 그가 팔뚝을 드러내며 말했다.

"이거 봐, 이거."

"음?"

형운과 서하령의 시선이 자연스럽게 그곳으로 향했다. 그리고 두 사람이 깜짝 놀랐다.

'흉터투성이잖아?'

자잘한 흉터가 엄청나게 많았다. 꽤 오래전에 생긴 것처럼 희미해져 있기는 했지만, 그 수만으로도 놀랄 만하다.

마곡정이 말했다.

"아주 지옥이었어, 지옥. 지옥훈련이라는 네 글자가 비유가 아니었다니까. 죽다 살아난 적이 한두 번이 아니야. 이것도 몇 번 환골탈태하면서 흉터가 많이 없어진 거고 얼마 전까지는 아주 그냥… 으휴."

마곡정이 몸을 부르르 떨었다. 안색이 별로 좋지 않은 걸로 봐서 떠올리는 것조차 무서운 경험들이었나 보다.

그가 자기가 겪은 일들을 설명하려고 하는데 뒤따라오던 청안설표가 말했다.

"형, 할아버지한테 먼저 가봐야 하지 않나?"

"음, 그래야겠지?"

"저도 가야 해요?"

그렇게 물은 것은 진예였다. 그녀는 어디까지나 길잡이 노릇으로 따라온 거지 여기에 다른 볼일이 있었던 게 아니다.

마곡정이 말했다.

"아, 진예 소저는 그냥 계셔도 돼요. 동생들 따라서 먼저 가게세요."

"감사합니다."

친절하게 말하는 마곡정을 본 형운과 서하령이 못 볼 걸 봤다는 표정을 지었다.

"우와……."

"역시 곡정이가 아닌 것 같은데?"

"응? 뭐가? 왜?"

마곡정이 당황해서 두 사람을 바라본다.

서하령이 말했다.

"그야… 여자한테 친절하게 말하는 너는 상상도 못 해봤거든?"

"내, 내가 왜! 난 예전부터 누나 빼고 다른 여자들한테는 친절했어!"

"아, 뭐 의외로 여자한테는 막 나가지 않는 구석이 있긴 했지. 그래도 '친절했다' 고 하기는 좀……."

형운이 과거를 떠올리며 말했다. 마곡정이 여자 앞에서 난폭하게 굴지는 않았지만 별로 예의 바르고 친절한 모습도 보여준 적이 없었다.

마곡정이 투덜거렸다.

"진예 소저는 자주 얼굴도 봤고 종종 같이 주변 청소도 하고 그런 사이란 말야."

"주변 청소?"

"마수나 요괴나 뭐 그런 것들 중에 이 부근의 규칙을 안 지키는 녀석들을 처리하는 일. 그런 일을 해서 우리 일족이 이 근처에서 평판이 좋은 거야. 백야문하고도 꽤 좋은 사이고."

"그렇군. 아, 가려 누나."

형운이 가려를 돌아보며 말했다.

"누나도 일단 가서 쉬고 있어요. 여기서는 위험한 일도 없을 테니."

"네."

가려는 순순히 그 말에 따랐다. 형운이 언급하지는 않았지만 이런 곳에서 어르신에게 인사하러 가는데 호위를 달고 가는 게 예의에 어긋나는 행동으로 비칠 수 있음을 알기 때문이었다.

마곡정이 물었다.

"그건 그렇고 형운 너, 뭔가 냄새가 이상해졌다?"

"이상해지다니? 뭐 이상한 거라도 묻었나?"

형운이 당황해서 자기 몸을 살펴보았다.

마곡정이 말했다.

"아니, 그런 냄새 말고… 흠. 누나는 똑같은데 넌 확실히 좀 이상해졌어. 그새 또 뭐 좋은 거 처먹었나?"

"후각으로 기를 감지하는 능력이 발달했나 보네. 그런 소리를 하는 걸 보니."

서하령의 말에 마곡정이 바로 그거라는 표정을 지었다.

"어, 맞아. 그거."

"하긴 네 혈통을 생각하면 터득할 만한 능력이기는 하지. 그것도 꽤 예민해진 모양이야. 형운의 변화를 감지할 정도면."

"진짜 뭐 좋은 거 먹었구만?"

"좋은 거야 늘 먹지."

"응?"

"지독하게 맛이 없어서 그렇지. 내가 먹는 게 얼마나 몸에 좋은 것들인데."

"……."

그제야 마곡정은 형운이 먹는 약선에 대해서 기억해 내고는 묘한 표정을 지었다. 형운이 말했다.

"아, 여긴 뭐 손님한테 맛있는 거 안 줘? 나 몸에 나쁘고 맛좋은 거 엄청 좋아하는데!"

"…뭔가 다른 의미에서 변함이 없는 것 같군."

마곡정이 참 복잡 미묘한 감정을 느끼면서 중얼거렸다.

문득 형운이 물었다.

"그러고 보니 저 청안설표분들이 널 형이라고 부르던데… 친형제야?"

"아니, 그냥 같은 일족이야. 걔네들은 나보다 영수 쪽에 가깝고 아직 어려서 사람으로는 변신 못 해."

"어리다면 몇 살인데?"

"한 놈은 다섯 살이고 한 놈은 세 살."

"……."

그런 것치고는 덩치가 좀 심하게 큰 것 같은데? 형운의 표정에서 그런 내심을 읽었는지 마곡정이 피식 웃었다.

"야, 걔네들 보고 놀라면 우리 할아버지 보고는 어쩌려고……."

"많이 크시냐?"

"엄청 크셔."

그러는 사이 일행은 마을 위쪽에 있는 커다란 바위 틈새에 도착했다. 그리고 쌓인 눈 속에서 커다란 그림자를 발견했다.

'와, 진짜 크다…….'

마곡정의 동생들보다도 덩치가 두 배는 커서 실로 집채만 하다는 표현이 어울리는 청안설표였다. 눈처럼 새하얀 털 위로 얼룩무늬가 보이고 눈동자는 정말 가을 하늘처럼 새파랗다.

게다가 다가가는 것만으로도 왠지 기감을 통해서 서늘한 기운이 느껴졌다. 그가 거기에 있는 것만으로도 공기가 달라지는 것 같다.

'이게 영수의 기운인가?'

조금 전까지 본 마곡정의 동생들과는 격이 다른 기운이다. 형운이 놀라고 있는데 마곡정이 그 앞으로 나아가서 말했다.

"할아버지, 손님들 왔어요. 말씀하신 대로 딱 골치 아픈 상황이더라고요."

"얼마 전에 대랑(大狼)이 죽어서 그쪽에 있는 놈들이 시끄럽지. 시간이 맞았다니 다행이구나."

청안설표가 입을 열었다. 짐승의 입에서 아주 매끄럽고 부드러운 목소리가 흘러나온다.

마곡정이 두 사람을 소개했다.

"이쪽은 제가 말씀드린 하령이 누나고, 이쪽은 별의 수호자 영성의 제자인 형운이라는 놈입니다."

"손님한테 놈이 뭐냐, 놈이?"

"얘는 그렇게 불러도 돼요."

"쯧쯧."

마치 사람처럼 혀를 차는 그에게 형운과 서하령이 인사했다.

"안녕하세요. 설산의 이름난 영수를 뵙게 되어 영광입니다. 별의 수호자 소속, 영성의 제자 형운이라고 합니다."

"안녕하세요. 서하령입니다."

"반갑군. 난 청륜이라고 하지. 곡정이에게 이야기는 들었지만, 흠, 이거… 꽤나 재미있군?"

스스로를 청륜이라 소개한 청안설표가 형운을 보며 흥미를 드러내었다. 마곡정이 의아해하며 물었다.

"엥? 누나야 그렇다 쳐도 이 녀석이 뭐 볼 게 있다고요?"

"눈이 있고 코가 있으면 뭘 하느냐? 못 보고 못 맡는 것을."

"…아니, 뭐. 좀 달라졌다고 느끼긴 했는데."

"가만히 있으면 중간이나 갈 것이다."

면박을 준 청륜이 형운에게 살짝 고개를 들이댔다. 워낙 얼굴이 커서 슬쩍 다가오기만 하는데도 확 커지는 느낌이 무서웠다.

"무엇이 이런 일을 가능케 했는지는 모르나… 너는 해와 달과 별을 한 몸에 품고 있구나. 수많은 인간을 보아왔으나, 이런 냄새를 풍기는 인간은 없었지."

"……."

"후후. 곡정이가 비슷한 또래의 인간에게 패하고 강해지길 원하기에 어떤 아이인가 했는데 참으로 흥미롭군. 인간들의 수가 모래알같이 많아 그 속에서 참으로 다양한 체질을 가진 아이가 태어나지만, 네가 이룬 것은 결코 타고날 수 없는 것이지?"

"아마… 그럴 겁니다."

형운이 대답했다

청륜이 히죽 웃었다.

"귀혁, 그자는 젊은 시절부터 남들과는 좀 달랐지."

"사부님을 아십니까?"

"같이 싸운 적도 있으니 전우라고 할 수 있겠군. 젊을 때부터 참 재밌는 인간이었지. 다른 사람들과 세상을 보는 눈이 완전히 달랐어. 좀 더 주변을 보는 인간이었다면 설산검후 그 아이하고도 잘될 수 있었을 것을."

"엥? 잠깐만요."

형운이 놀라서 물었다.

"혹시 사부님이랑 설산검후 그분이랑 사귀셨다거나, 뭐 그런 건가요?"

"글쎄다? 내가 알기로는 결국 그렇게 되지는 않았다. 설산검후 그 아이가 그렇게 하고 싶어 하기는 했지만, 왠지 용기를 내서 갔다 싶으면 둘이 싸우더군."

"……."

왠지 이자령이 왜 귀혁을 미워하는지 알 것도 같은 기분이다.

'역시 사부님은 다른 건 몰라도 남녀 간의 문제에 대해서는 믿으면 안 되는구나!'

형운은 대충 두 사람의 사이를 억측하고는 그렇게 결론을 내렸다.

청륜이 서하령을 보며 말했다.

"너는 아주 희귀한 경우로구나. 자손으로 그 힘을 물려주지 않는 유일하고 고고한 존재의 후손이며 동시에 별의 힘을 가진 아이라. 스스로가 지닌 것을 다루는 데 어려움은 없느냐?"

"일깨우지 않도록 노력하고 있습니다."

"현명하군. 네 본질은 우리와 완전히 다르다. 그건 알고 있겠지?"

"예. 제 본질은 어디까지나 조상님들께 닿아 있지요."

광령익조는 다른 영수들처럼 자손을 낳고 번성하는 존재가 아니다. 설령 정체를 각성하기 전에 다른 존재로 살다가 자손을 낳았다 한들 각성해서 광령익조로 돌아간 후에는 그 모든 것을 지우고 혼자가 되기를 바란다.

서하령은 어디까지나 기적적인 예외였다. 그렇기에 그녀가 안은 문제에 대해서 올바른 답을 가르쳐 줄 이는 세상에 존재하지 않는다. 오로지 함께 고민하고 추측할 수 있을 뿐이다.

핏속에 잠재된 광령익조의 힘을 일깨운다면, 그녀는 광령익조의 근원과 연결된다.

광령익조는 이루 헤아릴 수 없을 정도로 긴 세월을 살아온 존재다. 매번 생을 다하고 새로이 태어날 때마다 동일한 존재

라고는 할 수 없는 변화를 겪었다.

즉 매번 새로운 인격을 갖게 되는 셈이다. 그 인격들은 광령익조의 근원 속에 녹아들어서 거대한 혼돈을 이루고 있었다.

그 혼돈은 서하령과 이어진 상태다. 서하령이 광령익조의 힘을 일깨웠을 때 자칫하면 그것에 자아가 삼켜질 수도 있었다. 서하령은 살면서 몇 번 그런 위험을 겪었기에 결코 함부로 광령익조의 힘을 일깨우지 않았다.

청륜이 말했다.

"그래. 너는 영수이기보다는 인간으로 살거라. 네 본질이 영수에 가깝긴 하나, 스스로의 의지로 거기에서 멀어지는 것이 좋으리라."

"조언에 감사드립니다."

서하령이 고개를 숙였다. 이미 스스로 그렇게 하고자 마음먹고 있었다. 그러나 수백 년을 살아온 영수가 그 선택이 옳았음을 확인시켜 주니 기뻤다.

11

형운과 서하령은 청안설표의 마을에서 이틀간 머무르기로 했다. 그 정도면 올 때 사용한 길 말고 좀 더 안전하게 돌아가

는 길을 사용해도 충분히 전전날까지는 백야문에 돌아갈 수 있다고 들었기 때문이다.

진예가 물었다.

"아, 그럼 전 그동안 여기서 자도 될까요?"

"자?"

"네. 딱히 할 일도 없으니까요."

"대낮인데?"

"괜찮아요. 자는 것도 수련의 일환이기는 하니까."

"……."

"식사 때만 깨워주시면 돼요. 전 아침저녁으로 두 끼만 먹어요."

진예는 그렇게 말하더니 정말로 자기에게 배정된 방에 들어가서 자기 시작했다.

서하령이 말했다.

"나 있잖아, 생각이 바뀌었어."

"뭐가?"

형운이 묻자 그녀가 미소를 짓는다. 무척이나 아름다운 미소였지만 왠지 보고 있자니 으스스했다.

"설산검후께서 부탁하신 거, 받아들여야겠어."

"……."

아무래도 그녀도 이번 일로 진예에게 원한이 맺힌 모양이다. 물론 형운도 전혀 말릴 마음이 없었다.

대충 자기 방을 둘러본 그들은 마곡정과 마주 앉아서 그동안의 일을 들었다.

"아, 정말 말도 못하게 고생했어."

청륜의 교육은 실로 단순무식했다.

일부러 마곡정에게 영수의 힘을 일깨우게 한다. 그리고 이성을 잃어버리면 정신을 되찾을 때까지 두들겨 팬다. 청륜쯤 되면 일격으로 마곡정의 의식을 끊어서 영수의 힘을 잠재울 수도 있다는데 굳이 적당히 힘을 조절해서 구타했다고 한다.

"뼛속 깊이 고통을 체감하면서, 이성을 유지하겠다는 의지를 가질 필요가 있다나."

청륜은 말했다.

'곡정아, 너는 사람으로서의 의지를 소중히 하고 있지 않다.'

영수의 힘이 눈을 뜨면 내면에서 야성이 활화산처럼 분출된다. 거기에 스스로를 맡겨 버리는 쪽이 훨씬 편하니까 마곡정은 별생각 없이 그렇게 해버린다는 것이다.

"사람으로서의 의지를 소중히 한다라……."

그 이야기를 들은 서하령이 쓴웃음을 지었다. 마곡정과 처한 상황이 다른 그녀는 정말 그 말의 의미가 뼈저리게 와 닿왔다.

아버지가 광령익조의 본능보다 사람으로서의 의지를 소중히 했기에 그녀는 살아남을 수 있었다. 그리고 스스로도 그런 마음으로 정진해 왔기에 몇 번의 각성에서 광령익조의 근원에 삼켜지지 않고 인간 서하령으로서의 자아를 유지해 왔다.

"사경을 헤맨 게 수십 번이 넘어. 뭐 그러다가 어느 순간부터는 아예 영수의 힘을 일깨우지 못하게 됐어."

이성을 유지하고자 하는 마음이 강해지는 것보다, 영수의 힘을 각성했을 때 당하는 고통을 두려워하는 마음이 앞섰기 때문이다. 의지보다 공포가 더 컸던 것이다.

"근데 이게… 도망치는 것조차 허락을 안 하시더란 말이지."

마곡정이 이를 갈았다.

청륜은 이런 마곡정의 변화에 코웃음을 치면서 강압적인 수단을 사용했다. 설산의 영험한 기운을 받고 수백 년을 살아오면서 영격을 높인 그에게 손자에게 잠재된 힘을 깨우는 것 정도는 아무것도 아니었다.

"그래서 죽다 살다 하다 보니까… 어떻게든 제어가 되긴 하더라."

그 결과 마곡정은 자신의 힘을 단계적으로 일깨우는 법을 터득했다. 일깨우는 힘이 강하면 강할수록 이성을 집어삼키는 야성도 강해진다. 그 정도를 조절하면서 스스로를 제어해 나가는 것이 가장 먼저 터득해야 할 요령이었다.

"그것만으로도 반은 한 거였는데 나머지 반이 너무 힘들더란 말이지."

그 후에는 정말 혹독한 수련이 이어졌다. 청륜을 상대로, 일족의 다른 어른들을 상대로, 때로는 실전을 통해서 부여된 과제를 수행해 나갔다. 그 과정이 얼마나 험난했는지는 마곡정의 몸에 새겨진 무수한 흉터들만 봐도 알 수 있으리라.

"그래서 이런 걸 할 수 있게 됐어."

마곡정이 그렇게 말하며 의지를 일으켰다. 그러자 실내인데도 한기 어린 바람이 일어나더니 그의 머리칼이 휘날렸다.

동시에 외모에 변화가 일어났다.

새카만 머리카락이 끄트머리만 새하얗게 물들었다.

쉬이이이!

그리고 한기가 소용돌이치며 마곡정의 손끝에 모였다. 공기 중의 수분이 응결되면서 얼음 구슬이 형성되더니 허공을 둥둥 떠다닌다.

"더 많은 힘을 끌어낼수록 머리가 더 하얘지고, 외형적인 변화가 커져. 최종적으로는 아예 설표로 변할 수도 있을 것 같은데 웬만하면 하지 말라고 하시더라."

"왜?"

형운이 물었다.

청륜은 영수이며, 설표의 모습으로 태어났으되 사람으로 변할 수 있다. 그렇다면 그 혈통을 이어받은 마곡정이 사람의 모습으로 태어났으되 설표의 모습으로 변하는 것도 자연스럽지 않은가?

"짐승의 모습에서 사람의 모습으로 변하는 것은 야성이 지성을 획득하는 과정이라 순리지만, 그 반대는 안 된대. 지성에서 야성으로 가면 마치 내가 전에 그랬던 것처럼 야성에 지성이 삼켜지게 되는데… 사람으로 태어난 몸으로 그런 짓을 하면 돌아올 수 없을 거라고 하시더라고."

"흠, 그렇군."

납득이 가는 이야기라 형운도 고개를 끄덕였다.

서하령이 물었다.

"그런데 곡정이 넌 언제까지 여기에 있는 거야? 말하는 걸 들으니 배울 건 대충 다 배운 것 같은데……."

"훗."

마곡정이 웃었다.

그의 두 눈에서 눈물이 주르륵 흘러내렸다.

"어?"

형운과 서하령이 당황했다. 하지만 다음 순간, 마곡정이 만세를 불렀다.

"그 질문을 기다리고 있었어! 난 이제 해방이야!"

마곡정은 형운과 서하령을 따라서 별의 수호자로 돌아가도 된다는 허락을 받았던 것이다. 마곡정이 눈물 콧물을 흘리면서 서하령에게 달라붙었다.

"어헝헝헝! 누나, 고마워. 너무 고마워. 누나는 내 생명의 은인이야!"

"······."

자존심이고 뭐고 다 내팽개친 모습을 보니 그동안 힘들긴 진짜 힘들었나 보다. 한차례 감격의 눈물을 펑펑 쏟은 마곡정이 말했다.

"내 앞으로 다시는 일족에게 뭘 배우겠다느니 뭐니 안 할 거야. 욱해서 내려왔다가 스스로 지옥문에 들어서다니… 아, 진짜 천하의 멍청이였지. 과거의 나를 세상에 다시없는 바보 멍청이라고 욕해도 좋아. 허락한다!"

그러자 서하령이 주저 없이 말했다.

"세상에 다시없는 바보 멍청이."

"······."

"하령아, 그러면 별로 욕하는 거 같지 않잖아. 어휴, 세상에 다시없는 바보 멍청이 같으니."

"…하라고 했지만 진짜로 하는 걸 들으니 기분이 좀 나쁘다?"

서하령에 이어 형운이 주저 없이 욕을 하자 마곡정이 투덜
거렸다. 하지만 해방됐다는 기쁨 때문인지 그는 두 사람이 뭐
라고 하든 화를 내지는 않았다.

12

손님방의 침상 대신 얼음처럼 차가운 돌바닥에 누워 있던
진예는 한밤중에 불현듯 눈을 떴다.

"어⋯⋯."

평소 같으면 눈을 뜬 후에도 일어나기까지 한창 미적거리
는 그녀였지만 지금은 달랐다. 드물게 급하게 몸을 일으키더
니 밖으로 뛰어나온다.

"빙령에 무슨 일이⋯⋯."

밖으로 나온 그녀가 먼 곳, 백야문이 있는 곳을 보며 중얼
거렸다.

거리를 초월한 감각이 그녀를 자극하고 있었다. 백야문이
품고 있는 비밀에 무언가 좋지 않은 것이 접근했음이 분명했
다.

그때였다. 뇌리에 누군가의 목소리가 울려 퍼졌다.

―사특한 것들이 일을 벌이는 듯하군.

진예는 자신의 정신에 직접 목소리를 보내온 것이 예전에

보았던 청륜임을 알아차렸다. 목소리는 까먹고 있었지만 거대한 영적 존재감이 기억하고 있는 것과 똑같았기 때문이다.

곧 건물 안쪽에서 부산을 떠는 기척이 느껴졌다. 그리고 형운과 서하령, 마곡정이 밖으로 나왔다.

형운이 물었다.

"무슨 일입니까?"

청륜의 목소리는 진예만이 아니라 그들 모두에게 닿았다. 그 목소리에 위기를 경고하는 느낌이 실려 있었기에 모두 급하게 밖으로 나왔다.

깨어난 것은 그들만이 아니었다. 마을 사람들 모여들고 있었다. 건물에서 잠자던 사람들도, 그리고 밖에 있던 영수들도 모두.

문득 형운은 하늘에서 일어나는 변화를 발견하고는 눈을 크게 떴다.

"저건……."

마치 바람의 결을 따라 먹선을 그려놓은 것 같은 검은 기류가 밤하늘을 일그러뜨리고 있었다. 달빛이 흐려지고 별빛이 가려지면서 한없이 불길한 혼돈을 자아낸다.

청륜이 말했다.

─누가 거대한 힘으로 현계와 마계의 경계를 무너뜨리는 문을 열었다. 이 느낌은 아무래도 흑영신 쪽인 것 같군.

"흑영신교?"

형운이 당황해서 물었다. 흑영신교는 형운에게 첫 살인의 기억을 안겨준 존재다. 그때 대적했던 그들의 존재가 뼛속 깊이 각인되어 있었다.

―아무래도 백야문 쪽인 것 같으니 가보도록 하게. 아이들 몇을 붙여주지. 같이 가주고 싶지만 아무래도 이쪽은 이쪽대로 대비를 해야 할 것 같군.

청륜이 긴장하고 있는 기색이 느껴졌다. 아무래도 백야문 쪽만이 아니라 이쪽을 위협하는 움직임도 있는 모양이었다.

형운이 대답했다.

"알겠습니다."

형운과 가려, 서하령, 마곡정, 진예 다섯 명은 청륜이 붙여준 성인 청안설표 일족 둘과 함께 밤의 설산을 질주하기 시작했다.

제23장
복수자

성운을 먹는 자

1

백야문의 태상문주 오운혜는 백야문의 건물들 중에 가장 높이 곳에 위치한 곳에 거하고 있었다. 곧 아흔 살 생일을 맞이하는 노파이지만 지금도 허리가 꼿꼿해서 설산검후 이자령을 지도했던 고수다운 품격을 갖추었다.

곤히 잠들어 있던 그녀는 문득 눈을 떴다. 거처에 스산한 기운이 스며들었기 때문이다.

"누구냐?"

그녀는 당황하지 않고 물었다. 동시에 이불 속에 놓아두던 검을 쥐었다.

백야문의 경비가 헐렁해 보이지만, 설산은 온갖 위험이 가득한 곳이다. 그러다 보니 다들 자다가도 언제든 깨어나서 싸울 일이 생길 수 있다고 인식하고 있었다.

"감히 마인 주제에 내 거처에 들어오다니 죽을 각오는 하고 온 거겠지?"

공기를 타고 사특한 마기(魔氣)가 느껴진다. 그녀의 몸에서 차가운 기파가 풍겨 나오기 시작했다. 이자령의 스승인 오운혜 역시 대단한 고수다. 나이를 먹으면서 육신은 쇠했을지언정 8심에 달하는 심후한 내공은 지금도 가공할 위력을 발휘할 수 있었다.

하지만 상대는 적의가 없었다. 속삭이는 듯한 목소리로 웃는다.

"여전하시군요, 태상문주."

"너는……."

그 말에 오운혜가 눈을 크게 떴다.

동시에 그녀는 상대가 여기 없다는 사실을 깨달았다. 먼 곳에서 기환술을 통해서 목소리만을 보내오고 있었다.

"자네가 이제 와서 여기에는 무슨 일이지?"

상대에게 적의가 없으며, 여기에 있지도 않음을 감지했지만 오운혜는 긴장을 풀지 않았다. 왜냐하면 상대는 안전하다고 단정 짓기에는 너무나도 위험한 존재였기 때문이다.

"한서우."

마(魔)란 인간의 탐욕이 낳은 어둠이다. 마인이란 탐욕을 채우기 위해 어둠을 추구하다가 결국 어둠에 먹혀 버린 괴물이다.

그렇기에 그들은 사악하다. 왜냐하면 마인이 마인으로 살아가고자 하는 모든 행위는 인류를 거스른 것들뿐이기 때문이다.

하지만 단 한 명, 예외로 불리는 이가 있었다.

혼마(混魔) 한서우.

마인이면서도 이존팔객의 일원으로 불리는 자.

팔객은 그저 강하다고 이름을 올릴 수 있는 자리가 아니다. 그렇다면 세상에 흉명을 떨친 마인들 역시 거기에 이름을 올렸으리라. 강하면서 동시에 사람들이 인정하는 협객으로서의 풍모를 보인 자들만이 팔객으로 불린다.

한서우는 분명 마인이었다.

그러나 동시에 수많은 불의를 타파하고 사람들의 목숨을, 인생을 구원해 온 협객이기도 했다.

팔객 중에 그와 비슷한 예외를 꼽으라면 암야살에 자혼이 있으리라. 그가 사람의 목숨을 죽이고 다니는 자객이면서도 힘없고 억울한 자에게는 오로지 진심 어린 눈물만을 대가로 받고 불의한 자를 죽여 협객으로 불리듯이, 한서우 역시 마인이면서도 마인의 상식을 벗어난 별종이었다.

예전에 흑영신교, 광세천교와 함께 마교로 불렸던 혼원교 최후의 전인이며, 마인을 먹어치우는 마인.

그런 그가 야심한 시각에 오운혜의 처소로 목소리만을 보내왔다.

"경고해 드리려고 왔습니다."

"경고?"

"흑영신교가 옵니다. 제가 근처에 도착하는 게 좀 늦어서 일찌감치 경고해 드리진 못했군요. 일각(약 15분) 내로 들이 닥칠 겁니다."

"그자들이 왜?"

"이유를 짐작하시면서 제게 물으실 필요는 없겠지요."

"……."

"결계가 강해서 이러기도 힘드는군요. 아시다시피 제가 술법은 좀 약한지라. 그럼 잘 대비하시고… 저는 빙령지킴이에게 인사나 하고 다른 쪽에서 싸울 테니 눈에는 띄지 않을 겁니다. 그럼."

한서우는 그 말을 끝으로 기환술을 거두었다.

잠시 그의 기척이 사라진 자리를 노려보던 오운혜는 곧 자리를 박차고 일어났고, 잠들어 있던 백야문이 분주해지기 시작했다.

2

청안설표들과 함께 설산을 질주하는 형운 일행의 앞길은 순탄치 않았다.

본래대로라면 청안설표들이 비호하는 것만으로도 요괴와 마수들은 꼬리를 말았으리라. 실제로 올 때와 달리 덤벼드는 이들은 거의 없었다.

하지만 대신 형운이 한 번도 본적이 없는 존재들이 덤벼들었다.

키키키키키킷……!

윤곽으로만 보면 인간 같은 존재다. 너덜너덜하지만 옷도 입고 있다.

그러나 마치 가면을 쓴 듯 얼굴이 불그스름하고 흉하게 일그러진 데다가 눈이 노랗게 타오르는 존재를 보고 인간이라고 할 수는 없으리라. 머리털은 하나도 없고 대신 이마에는 뿔이 솟았으며, 전신의 피부는 역겨운 각질로 뒤덮여 있었다.

그런 존재가 검을 휘둘러 온다.

"이건 뭐야?"

형운은 당황하면서도 그 공격을 막고 반격했다. 빠르고 강했지만 충분히 대응할 수 있는 수준이었다.

쾅!

폭음이 울리며 덤벼들던 검객과 그 뒤에 있던 다른 놈까지 한 번에 날아가 버렸다. 바닥에 쌓여 있던 눈이 사방으로 흩날리는 가운데, 형운이 광풍혼을 전개해서 푸른 기류로 몸을 휘감고는 사방으로 주먹질을 해댔다.

퍼퍼퍼퍼퍼펑!

한 호흡에 18번이나 유성혼을 출수, 달려들던 괴물들을 일거에 쓸어버린다. 그 파괴력이 워낙 강맹해서 괴물들은 다들 일격을 버티지 못했다.

그런데 그들의 최후가 기이했다. 서로 격돌했을 때 분명히 살아 있는 육신을 가격하는 느낌이 났거늘, 마지막에는 마치 환영처럼 흐릿해지더니 흩어지는 게 아닌가?

마곡정이 놀랐다.

"뭐야, 이 자식 그새 대체 뭘 처먹은 거야?"

"지금 그걸 물어볼 때냐?"

형운이 그에게 눈총을 주었다.

확실히 지금 형운은 마곡정이 마지막으로 보았을 때와는 비교도 안 되는 무위를 보이고 있었다. 일거에 이 정도 기공파를 쏟아내고도 숨결조차 흐트러지지 않는 모습은 내공이 얼마나 심후한지를 보여준다.

잠시 공백 상태를 만든 형운이 중얼거렸다.

"이것들은 진짜 뭐야? 귀신은 아닌 것 같은데……."

"환마입니다."

대답해 준 것은 형운과 등을 맞댄 가려였다.

"환마라고요? 이것들이?"

형운이 놀랐다.

환마(幻魔).

일반적으로 이 명칭을 들었을 때 떠오르는 것은 천하제일 검객이라 불리는 인물, 무상검존 나윤극이 다스리는 윤극성일 것이다. 수백 년 전에 일어난 끔찍한 재해로 인해 사람들을 위협하는 환마가 가득해졌으며, 그들의 왕 환마왕이 다스리는 마경(魔境)을 나윤극이 윤극성의 세력을 이끌고 쳐들어가서 사람이 사는 곳으로 바꿔놓았다.

하지만 환마가 무엇인지를 물었을 때, 그 본질을 아는 사람은 별로 없었다. 요괴나 마수와 달리 환마는 특정한 조건이 충족되지 않으면 현계에 출현하지 않았기 때문이다.

환마는 오로지 마기가 밀도 높게 고여서 현계와 마계의 구분이 흐려지는 경계에서만 모습을 드러낸다. 세상을 떠도는 온갖 부정적인 의념과 인간의 원령, 그리고 마계의 존재들이 현세에 투영되어 현현하는 것이 바로 환마였다.

그들은 물리적인 영향력을 발휘하며 살아 있는 존재처럼 천지간의 기운을 다루지만 본질은 텅 비어 있는 존재다. 자신들이 마계나 현계의 존재들을 닮았지만 둘 중 아무것도 아닌 허상에 불과하다는 사실을 알기에 늘 실존에 대한 갈증에 시달린다.

언제나 그렇게 고통받기에, 환마는 실존하는 존재들을 증오하고 질시한다. 그들을 취해서 스스로 실체를 갖추고 살아갈 수 있기를 바란다.

그것이 환마가 인간을 적대하는 이유다.

청안설표 중 하나가 말했다.

"사태가 상당히 안 좋게 흘러가는군. 다들 저기를 봐라."

일행이 그의 눈길을 따라 시선을 옮겼다. 형운이 아연해져서 중얼거렸다.

"세상에. 저게 뭐야?"

언덕 너머에서 새카만 벼락 같은 기운이 하늘로 솟아오르고 있었다.

자연적으로는 일어날 수 없는 현상이다. 멀리서 보기만 해도 기감이 저릿저릿해질 정도로 사악한 기운의 집합체였다. 그 주변에 흑자색의 안개가 자욱하며 검은 기운의 기류가 소용돌이치면서 사방으로 퍼져 나가고 있었는데 그것이 환마들을 대량으로 발생시키고 있는 것 같았다.

"아무래도 곳곳에 저런 기환진을 만들어서 마기를 불러들이고 있는 것 같군. 일단은 우회하자. 뭐가 있을지 모르니 우리가 감당할 수 있다는 보장이 없어."

"그래야겠군요. 일단은 백야문으로 돌아가야……."

형운이 동의했다.

하지만 상황은 일행의 선택을 존중해 주지 않았다. 좀 더 돌아가는 길을 선택해서 우회하려고 할 때, 상황이 급변했다.

"크크크큭. 어딜 가시나?"

피부가 온통 청색이고 눈에서 시퍼런 빛이 뿜어져 나오는 남자가 일행 앞을 가로막았다. 지금까지 본 환마 중 가장 인간과 닮았지만 대신 오른팔이 기괴했다. 팔꿈치 아랫부분이 기이하게 부풀어서 털이 난 데다가 날카로운 손톱이 길게 나서 섬뜩한 광택을 흘렸다.

청안설표들이 혀를 찼다.

"말을 하는 녀석이 나타나다니… 심각하군."

환마들은 저급할수록 지성이 낮다. 그들의 수준을 가늠하는 척도 중 하나는 사람의 말을 할 수 있는가 없는가다. 말을 할 수 있다는 것만으로도 지금까지 본 놈들과는 비교도 안 될 정도로 위험했다.

다들 망설이는데 마곡정이 푸른 환마에게 뛰어들었다.

"어차피 돌파해야 하잖아! 덤벼!"

전신에 새하얀 냉기를 휘감은 채로 묵직한 도를 내려친다. 푸른 환마가 그것을 막아냈다.

카아앙!

"내 공격을 막았어? 이 자식!"

잔뜩 힘을 실어서 쳤는데 푸른 환마가 기괴한 오른팔을 들어서 막아버렸다. 그 충격으로 푸른 환마의 발밑이 흔들리면서 눈이 사방으로 비산한다.

동시에 마곡정이 곡예를 부리듯이 몸을 옆으로 날렸다.

쾅!

예기치 못한 각도에서 솟구친 마곡정의 발이 푸른 환마의 몸통을 가격한다. 폭음이 울려 퍼졌지만 마곡정의 표정이 좋지 않았다.

"뭐가 이렇게 단단해?"

"먹이 주제에 감히!"

비틀거리다가 선 푸른 환마가 이를 갈았다. 동시에 주변에서 갖가지 환마들이 나타나기 시작했다.

형운이 식은땀을 흘렸다.

"이거 안 좋은데……."

마곡정이 공격도 보통 강맹한 게 아닌데 그걸 맞고도 멀쩡하다니, 몸뚱이가 마치 강철로 만든 것처럼 튼튼하다. 서하령이 형운에게 말했다.

"여기서는 네 역할이 중요해."

"무슨 의미로 말하는지 알겠어."

형운이 대번에 그녀의 말뜻을 알아들었다.

수적으로 밀리는 상황에서 포위망을 뚫으려면 다른 것보다는 압도적인 파괴력이 필요하다. 일행 중에 그 역할에 형운보다 적합한 사람은 없었다.

진예가 말했다.

"제가 보조를 맞출게요."

"무리하지는 마."

진예도 형운보다는 못하지만 심후한 내공의 소유자다. 형운이 내력을 끌어 올리자 몸을 휘감고 있는 푸른 기류가 가속했다.

동시에 진예도 내력을 끌어 올렸다. 주변의 눈이 비산하면서 한기가 휘몰아치기 시작했다.

후우우우우!

"간다!"

형운이 마곡정과 대치하고 있던 푸른 환마에게 뛰어들었다. 형운이 박찬 땅이 폭발하듯 터져 나가면서 몸이 유성처럼 쏘아져 나간다.

푸른 환마는 예상치 못한 속도에 당황하면서 손톱을 휘둘렀다. 그러나 그 순간 형운이 양팔을 펼쳤다.

쾅!

푸른 환마가 섬광에 집어삼켜져서 떠올랐다.

'감극도 마반극(魔反極)!'

오로지 마기를 가진 자만을 대상으로 한 감극도 응용기. 기감으로 읽어낸 상대의 마기에 자신의 기운을 동조, 고스란히 되돌려주는 기술이다. 마곡정과 격돌하는 동안 형운은 차분하게 푸른 환마를 관찰하고 그 마기를 읽어낸 것이다.

그리고 마반극으로 공격을 되받아친 직후 발차기를 날려서 푸른 환마를 허공으로 띄우자 마곡정이 기다렸다는 듯이 뛰어들었다.

콰하하핫!

완벽하게 들어간 공격이 푸른 환마를 둘로 찢어놓았다. 뒤돌아보지도 않고 상황을 파악한 형운이 말했다.

"좋아!"

공격 직전에 전음을 날렸을 뿐인데 마곡정이 완벽하게 호흡을 맞춰주었다. 늘 투닥거렸던 기억만 남아 있는데 이런 식으로 손발을 맞춰보니 나쁜 기분은 아니었다.

"간다!"

형운의 공격은 그걸로 끝이 아니었다. 앞으로 나아가면서 충분한 시간을 두고 끌어 올린 내력을 폭풍처럼 쏟아내었다.

콰콰콰콰콰!

사방팔방으로 권을 쏘아내니 그 앞에 있던 환마들이 짚단처럼 쓸려 나간다. 움직이는 태풍 같은 기세에 뒤를 따르는 마곡정이 혀를 내둘렀다.

"이 자식 엄청나잖아!"

워낙 기세가 무지막지해서 형운에게 일정 거리 안쪽으로 다가갈 수가 없을 지경이다. 그저 형운이 뚫은 길을 따라가면서 다시 덮쳐 오는 적들을 뿌리칠 뿐.

하지만 단 한 명, 진예만은 거기에서 그치지 않았다.

파파파파파!

형운이 한차례 공격을 쏘아낸 공백에 절묘하게 파고들면서 한기가 어린 검기를 쏟아낸다. 형운의 공격이 포착하지 못한 놈들을 정확하게 가격하는 그 공격으로 놀라운 상승효과가 발생했다.

"우와……!"

마곡정이 혀를 내둘렀다.

그도 고향에 와서 지옥훈련을 받으면서 실력이 크게 늘었다. 영수의 힘을 제어할 수 있게 되면서 내공 수위도 5심이 되었으니 내공만으로 따지면 진예와 별 차이가 없다고 할 수 있으리라.

하지만 진예가 그 힘을 다루는 감각은 실로 경이로웠다. 아군조차도 다가가기 어려울 정도로 맹공을 퍼붓는 형운에게 딱 달라붙어서 순간순간 절묘한 위치로 이동, 상승효과를 일으키다니.

형운도 감탄했다.

'과연 성운의 기재!'

수련이고 자시고 귀찮아 죽겠다고 대놓고 말하는 주제에 이런 실력이라니. 그동안 기의 수발이 많이 능숙해진 형운이지만 진예가 하는 짓은 흉내를 낼 엄두도 안 났다.

그렇게 두 사람이 합격기를 쏟아내면서 환마들을 돌파할 때였다.

쫘아아아앙!

비교적 가까운 곳에서 강맹한 폭발이 일어났다. 모두가 깜짝 놀라서 폭심지를 바라보았다.

"뭐지?"

검은 번개 같은 기운이 치솟고 있는 곳에서 무시무시한 힘이 폭발했다. 방금 전에 형운이 쏟아낸 파괴력도 강맹했지만 저것과는 비교할 수가 없을 것 같다.

그리고…….

"후후, 신녀께서는 정말로 위대한 예지의 소유자시로군."

기분 나쁜 울림이 섞인 목소리가 울렸다. 곧 언덕 너머에서 한 사람이 모습을 드러냈다. 그것을 본 진예가 중얼거렸다.

"마인……!"

"그래, 마인이지."

상대가 긍정했다. 그가 다가올 때까지 몰랐던 것은 환마들

을 돌파하느라 정신이 없었기 때문이기도 하지만 마치 주변
에 흐르는 농밀한 마기에 동화된 것 같은 기파의 소유자이기
도 했기 때문이다.

"위대한 흑영신의 뜻이 나를 이곳으로 인도했다. 흉왕의
제자여."

"넌 누구지?"

형운이 긴장한 채로 물었다. 상대를 몰라본 것은 그가 전신
을 검은 털가죽 옷으로 감싸고 있는 데다가 새카만 악귀의 가
면을 쓰고 있었기 때문이다. 목소리만으로는 짚이는 구석이
없었다.

상대가 가면을 벗으며 말했다.

"알아봐 주리라 기대하진 않았다. 지금의 나는 이미 너와
만났을 때의 나를 버렸으니."

"흡……."

가면 너머에서 드러난 얼굴을 본 형운이 숨을 삼켰다.

아는 얼굴이어서가 아니다. 거기에서 드러난 것은 괴물의
얼굴이었다. 가만히 보면 소년의 얼굴 같기는 한데 얼굴 반쪽
에는 가면이라도 쓴 것처럼 검은 어둠이 달라붙어서 일렁거
리고, 눈동자가 새빨간 빛을 발한다.

서하령이 숨을 삼켰다.

"사령인……."

"아직 완전한 사령인은 되지 못한 몸이지."

소년이 히죽 웃었다. 기괴하기 짝이 없는 미소였다.

그가 말했다.

"지금의 나를 보고는 누구인지 알아볼 수 없겠지. 그러니 알려주마. 나는 과거에 이군혁이라 불렸던 자."

그 말에 형운은 한 사람을 떠올렸다. 흑영신교가 성해를 덮쳤을 때 자신의 손에 쓰러진 소년을.

"네게 복수하기 위해 인간임을 포기한 몸이다!"

3

초월적인 존재를 추종하는 집단에서 이런 일이 있다는 게 이상하지만, 흑영신교 내에는 혈통에 따른 차별이 존재하고 있었다.

그 혈통은 절대적인 것은 아니다. 흑영신의 화신이라 불리는 교주, 그리고 그 반려인 신녀의 가계에 속한 자들은 적어도 그 세대 동안에 귀하게 대접받는다. 그다음으로는 팔대호법을 비롯, 흑영신교 내에서 한자리했거나 공신 취급을 받은 자들의 혈통들이 많은 기회를 얻는다.

'위대한 흑영신께서 기회를 부여하신 혈통이다.'

흑영신교의 가르침에는 그런 소리가 없다. 하지만 천년의 역사 속에서 그들은 암묵적인 차별을 만들어내었다.

이군혁은 혈통의 특혜를 타고나지 못했다.

부모는 흑영신교 내에서도 잡일꾼이었다. 당연히 이군혁도 태어나면서부터 별로 좋은 대접을 받지 못했다.

그러나 그는 무인으로서의 재능을 타고 났다. 흑영신교는 20년 전의 겁난 이후로 열을 올려서 무인과 기환술사를 육성하고 있었다. 그래서 일찌감치 아이들의 재능을 파악하고 그에 맞는 교육을 받게 하는데, 이군혁은 무인이 될 기회를 얻어서 다른 아이들보다 월등한 자질을 뽐냈다.

덕분에 귀한 혈통을 타고나지 못했음에도 팔대호법의 일원인 암운령의 제자가 될 수 있었다. 정확히는 스승이 암운령이 되기 전, 다른 경쟁자들보다 나은 성과를 보이기 위해서 이군혁을 제자로 삼은 것이다.

이것은 이군혁에게는 행운이었다. 후에 암운령이 된 스승은 귀한 혈통 출신이었고 혈통에 대해서 까다로운 인식을 가졌다. 그러나 제자들의 성취 역시 그가 암운령이 되기 위해 중요한 성과로서 반영되었기에 급한 마음에 이군혁을 제자로 삼아버린 것이다.

다른 사형제들에 비해 박한 대우를 받기는 했지만 이군혁은 자기가 잘하면 얼마든지 높이 올라갈 수 있는 기회를 얻었음을 기꺼워했다. 그리고 어릴 때부터 온갖 패악무도한 방법으로 마공을 연마하면서 사형제들과 경쟁을 벌였다.

하지만 그것도 암운령이 흉왕에게 패해 죽으면서 끝났다.

다른 사형제들은 그래도 혈통이 좋아서 다들 새로운 기회를 얻을 수 있었지만, 이군혁은 그렇지 못했다.

게다가 이군혁이 사부와 함께 나섰다가 흉왕의 제자인 형운에게 패했다는 것도 절망적이었다. 살아남은 자들 중에 누군가는 실패에 대한 책임을 져야 했고, 이군혁은 희생양이 되기에 딱 좋은 명분을 안고 있었다.

이군혁은 영특했기에 자기가 어떤 상황에 처했는지 잘 알았다. 이제 정상적인 방법으로는 도저히 위로 올라갈 수 없으리라.

마공만큼 환경의 특혜에 따라서 그 성취가 갈리는 무공은 없다.

이상하게 들릴 수도 있을 것이다. 오히려 환경으로 인한 제약을 뛰어넘을 수 있는 방법이 아닌가?

그러나 그것은 개개인이 독자적으로 마공을 연마할 때나 적용되는 이야기다. 흑영신교쯤 되면 강대한 조직력이 선택받은 자를 위해서 움직인다.

마공은 인간을 희생양으로 삼아 그 정신을 유린하고 생명

을 땔감처럼 태워서 먹이로 섭취하면서 힘을 기른다. 그렇다
면 그 희생양을 얼마나 원활하게 수급받을 수 있는지가 성취
를 가르는 것도 당연하지 않은가?

이군혁은 그런 기회를 잃었다. 지원은커녕 치료조차 제대
로 받지 못해서 반년이 넘도록 내상이 낫지 않아 골골거렸다.

어쩌면 그대로 영영 내상을 안은 채로 무공을 잃어갔을 수
도 있으리라. 하지만 이군혁은 그렇게 되느니 죽고 말겠다는
각오를 다졌다.

사령인이 된다.

인간으로서 누리던 모든 것들을 포기하고 귀신의 길을 걸
으리라. 그로써 힘을 얻어 남들의 머리 위에, 흑영신의 은총
을 받을 수 있는 위치에 서리라.

그리고 형운에게 패한 지 3년이 지나, 그는 위대한 신녀에
게 부름을 받았다.

'당신은 숙원을 이룰 기회를 만나게 될 것입니다.'

어린 소녀의 모습을 한 신녀는, 그 전까지는 이름조차 몰랐
던 이군혁을 불러 운명을 이야기해 주었다. 이군혁은 그녀가
자신의 미래를 보았음에 감격하며 각오를 다졌다.

주변을 뒤덮은 불길한 기운이 점차 강해지고 있었다.

일반인이라면 숨 쉬는 것만으로도 정신이 고통받고 몸이 쇠약해져 가리라. 마기란 현세의 생명에게는 독이나 마찬가지다.

그러나 내공을 연마한 자들은 그런 독기에서도 스스로를 지킬 수 있었다. 특히 일월성신을 이룬 형운은 아예 마기의 영향을 받지 않았다.

"…그랬군."

형운은 그렇게 중얼거리면서 이군혁을 바라보았다.

상대의 정체를 알게 되자 정신이 차갑게 식었다. 고문인지 고행인지 모를 수련을 계속해 오면서 다져 온 정신력이 싸움에 필요한 평정을 가져다주었다.

동시에 가슴 한구석이 서늘해진다.

누군가 자신에게 원한을 품고 살의를 발한다.

무인으로서 강호를 살아간다면 언젠가 그런 일을 감당해야 함을 알고 있었다. 하지만 머리로 알고 있던 것과 직접 마주하는 것은 전혀 느낌이 달랐다. 첫 실전이, 그리고 첫 살인이 그러했듯이.

형운은 스멀스멀 기어 올라오는 공포를 억누르면서 아무

렇지도 않은 척 차가운 목소리로 말했다.

"뭐, 왜 나한테 원한을 불태우는지는 알겠는데… 상대해 줄 마음이 없는데?"

"뭐라고?"

"내가 왜 이런 상황에서 너랑 투닥거리고 있어야 하냐? 날 다시 잡고 찾아오시지!"

형운은 말과 동시에 급습을 가했다. 주먹에서 유성혼이 발사되어서 이군혁에게 작렬했다.

파아아앙!

계속 전음으로 말을 나누고 있던 일행이 지체 없이 움직였다. 하지만 이군혁도 아무 생각 없이 형운 앞에 나타난 게 아니었다.

"큭!"

질주하던 마곡정이 발을 멈췄다. 짙은 마기 너머에서 수십의 흑영신교도들이 모습을 드러냈다. 그 사이사이에 환마들이 섞여 있는 것으로 보아서 이들의 통제하에 들어가 있는 것 같았다.

"안 좋은데……."

형운이 표정을 굳히는 사이 이군혁이 다시 앞으로 나섰다.

"도망칠 수 있다고 생각하면 오산이다. 이미 이 부근은 우리가 장악했다."

"하나 물어봐도 될까?"

문득 서하령이 나서서 이군혁에게 말을 걸었다. 그녀를 본 이군혁이 조금 당혹스러워했다.

"별의 수호자의 성운의 기재로군. 그대가 여기에 있는 줄은 몰랐는데…… . 흠, 당신은 살려서 데려가도록 하지."

이미 일행의 명줄을 잡고 있는 듯한 태도였지만 서하령은 무시하고 질문을 던졌다.

"뒤에서 일어나는 일, 당신들한테 별로 좋은 일은 아닌 것 같은데 이렇게 우리나 상대하고 있어도 될까?"

주변이 온통 숨쉬기도 어려운 마기로 잠식되어 있지만 서하령은 저편에서 일어나는 일을 감지하고 있었다. 정확히는 모르겠지만 전투가 일어나고 있는 것만은 분명하다. 힘과 힘이 격돌하면서 쇳소리와 폭음이 울려 퍼지고, 비명이 뒤따른다.

누군가 저들과 싸우고 있는 게 분명했다. 그 점을 지적하니 이군혁이 움찔하며 대답했다.

"흥, 너희들과는 관계없는 일이다. 혼마 따위가 설치든 말든……."

"혼마? 혼마 한서우를 말하는 건가?"

형운이 놀라 물었다. 강호가 넓고 별처럼 많은 무인들이 존재하지만 혼마라 불리는 자는 단 한 명뿐이었다.

이군혁이 말했다.

"알 거 없다. 죽어라."

그 말을 신호로 흑영신교도들이 짓쳐 들었다. 일행이 거기에 맞서는 가운데 이군혁은 붉은 눈으로 오로지 형운만을 바라보면서 다가왔다.

"이 순간을 기다려 왔다, 흉왕의 제자."

"그렇게 불러주니 내가 뭔가 거창한 뭔가가 된 기분이군 그래."

형운이 식은땀을 흘렸다.

상황이 너무 안 좋다. 이군혁과 일대일로 상대한다면 모를까, 그는 애당초 그런 경우는 고려하지도 않은 것 같았다. 다섯 명의 흑영신교도들과 그 두 배는 되는 환마들이 형운에게 밀려들었다.

"일대일로 패했던 일의 복수를 논할 거면 최소한 혼자서 덤비는 기개는 보이시지!"

형운이 성난 목소리로 외치며 팔을 크게 휘둘렀다. 그러자 그 궤도를 따라서 파도처럼 기공파가 쏟아진다.

콰콰콰콰!

형운은 홀로 다수와 싸우는 법을 숙지하고 있었다. 지긋지긋할 정도로 훈련해 온 상황이기 때문이다.

일단 이럴 때는 절대 적들이 유리한 자리를 잡게 만들면 안 된다. 그 전에 노도와 같은 기세로 맹공을 펼쳐서 혼란을 일으킨다.

"과연! 이전과는 차원이 다르군! 신녀께서 말씀하신 그대로……!"

이군혁의 목소리에 경탄이 어려 있었다. 주변을 기공파로 휩쓸어 버리는 형운은 3년 전에 싸웠을 때와는 격이 다른 무위를 자랑하고 있었다.

쾅!

태풍처럼 주변을 휩쓸던 형운의 주먹이 가로막혔다. 이군혁이 일장을 날려서 그것을 받아낸 게 아닌가?

폭음이 울려 퍼지면서 충격파가 원형으로 퍼져 나가는 가운데, 이군혁의 눈이 붉게 타올랐다.

"신녀께서 예지한 운명에 감사한다. 너는 인간 이군혁에게 남은 유일한 숙원이니!"

"큭!"

형운이 신음하며 뒤로 물러났다.

이군혁의 몸을 타고 불길한 검은 기운이 흘러나온다. 닿는 것만으로도 인간의 정신을 침범하는 사령의 기운이었다.

이런 기운을 두르고 있는 것만으로도 사령인은 대적하기 어려운 상대가 된다. 내공이 취약한 자는 사령인과 접근전을 벌이는 것만으로도 금세 파멸에 이르게 되니까.

"이런 거 믿고 까불었냐!"

하지만 놀랍게도 형운은 사령의 기운에 전혀 영향을 받지 않았다.

"이런!"

형운의 주먹을 받아낸 이군혁의 몸이 붕 떠서 날아갔다. 하지만 금세 자세를 바로잡고 기운을 집중, 핏빛 기운을 휘감은 일장을 날린다.

그러기를 기다렸다는 듯 형운도 반격했다. 푸른 섬광의 일권과 핏빛 섬광의 일장이 격돌하며 폭음이 울렸다.

꽈아앙!

대지가 뒤흔들리면서 발밑의 눈이 산산이 치솟았다. 검은 안개 사이로 눈보라가 휘몰아치는 것 같은 몽환적인 풍경 속에서, 형운이 주먹을 거두며 앞으로 나아간다. 그에 비해 이군혁은 뒤로 주르륵 밀려나다가 결국 압력을 감당치 못하고 허공으로 붕 떠올랐다.

'이런 말도 안 되는 일이!'

힘 대 힘의 승부를 벌여보니 확실하게 알 수 있었다.

형운이 내공 면에서 그보다 더 위였다.

믿을 수가 없었다. 사령인이 된 이군혁의 내공 수위는 5심을 넘어서 6심에 도달했다. 그런데 3년 전만 해도 그보다 내공이 얕았던 형운이 내공으로 그를 넘어서다니?

'흉왕은 도대체 무슨 비술을 가진 것이냐?'

힘을 손에 넣기 위해 인간임을 버렸다. 목숨을 헛되이 날릴 수도 있는 도박에 운명을 걸어서 성공했다.

사령이란 세상에 존재하는 온갖 사악한 의념의 집합체들이다. 그것을 다루는 것만으로도 정신이 오염될 수 있는데 하물며 몸에 직접 받아들인다면 그건 죽고 싶어서 환장한 짓이다. 천년의 역사를 가진 흑영신교는 온갖 사악한 기술들을 극의로 승화시켜 왔기에 사령인을 탄생시키는 의식을 비교적 안정적으로 치를 수 있지만 그래도 실패 확률이 꽤 높았다.

이군혁은 목숨을 건 도박에 응해서 성공했다.

그러나 치러야 하는 대가가 너무나도 컸다. 무수한 사령을 몸에 받아들여서 힘을 기른 그의 정신은 그 과정에서 한번 파괴되었다가 다시 태어난 것과 같았다.

인간으로서 누렸던 당연한 감각들을 잃는다. 맛있는 걸 먹었을 때의 즐거움, 아름다운 것을 보았을 때의 감동, 좋은 음악을 들었을 때의 감흥… 그런 가치들이 더 이상 존재하지 않는다.

인간이었을 때와는 즐거움의 척도가 완전히 변했다. 그런데도 인간처럼 보이는 구석이 남은 것은 오랫동안 인간으로 살아왔었기에, 그리고 그 존재를 이루는 기반이 인간이기 때문이다. 지금 이 순간에도 이군혁은 점차로 자신이 인간이 아닌 무언가로 변해가는 끔찍한 감각에 시달리고 있었다.

'그런데도… 한낱 인간보다도 뒤처진단 말인가?'

마음속 깊은 곳에서 증오가 끓어올랐다.

5

상황은 형운에게 불리했다. 주변을 흐르는 마기가 점차 농밀해져서 이제 가까운 곳이 아니면 보이지도 않는 가운데, 이군혁에게 달려드는 형운을 흑영신교도들과 환마들이 가로막았다.

"이것들! 꺼져!"

형운이 노도와 같은 기공파를 쏟아내서 그들을 뿌리쳤다. 하지만 그들도 출중한 실력을 가진 마인들이었고 환마들까지 끼어드니 쉽게 돌파할 수가 없었다.

그러나 형운은 사방에서 쏟아지는 맹공을 모조리 받아냈다. 그것을 보는 이군혁은 놀람을 금치 못했다.

'저것이 감극도인가!'

자신을 패배시켰던 절세의 방어 무공, 감극도의 실체가 보인다. 전후좌우 어디서나 다수의 상대가 맹공을 퍼붓고 있는데 형운은 단 하나도 자기 몸에 닿는 것을 허락하지 않는다. 막고, 흘리고, 쳐 내고, 피하고, 때로는 광풍혼을 이용해서 기공파를 쏘아내면서 모든 공격을 방어해 냈다.

'사령의 기운에 영향을 받지 않는 건 왜지?

인간이 사령의 기운을 막아내는 법은 세 가지다.

첫 번째는 내공의 힘으로 스스로를 보호하는 것.

두 번째는 도가 무공의 힘으로 사령의 기운을 정화시켜 버리는 것.

세 번째는 기환술사가 만들어준 호부(護符)로 스스로를 보호하는 것.

형운은 이 셋 중 어디에도 속하지 않는다. 심후한 내공을 가졌으면서도 사령의 기운으로부터 자신을 보호하려는 의지가 없어 보인다. 그런데도 아예 사령의 기운이 그에게 영향을 끼치지 못한다.

그 이유는 형운이 일월성신을 이루었기 때문이다. 일월성신은 완전한 기운의 그릇. 한기와 열기가 그러하듯이 사령의 힘이나 마기도 그 균형을 무너뜨리지 못한다.

그 이유를 알 수 없는 이군혁은 초조했다. 저것만으로도 사령인이 된 이군혁이 인간을 상대로 할 때 갖는 이점의 상당수를 상실하는 셈이니 당연했다.

구우우우웅……!

문득 육중한 소음이 주변으로 퍼져 나갔다.

동시에 형운에게 맹공을 퍼붓던 자들의 움직임이 느려졌

다. 마치 물속에 빠져서 물의 저항 때문에 느려지는 것처럼……

퍼퍼퍼퍼펑!

직후 수십 발의 섬광이 폭발하면서 그들이 일거에 나가떨어졌다. 그리고 그 속에서 형운이 달려 나왔다. 이군혁이 이를 갈았다.

"흉왕의 제자! 괴물이 되었구나!"

"괴물이 사람을 보고 괴물이라고 하다니! 거울이나 보고 떠들어!"

형운이 호통을 치면서 발차기를 날렸다. 이군혁이 그걸 막고 반격, 형운이 흘려내고 재차 반격하면서 현란한 공방이 벌어졌다.

한쪽이 우위를 점하는 데는 그리 오래 걸리지 않았다. 이군혁이 형운을 몰아붙이기 시작했다.

'큭! 중압진이 안 통해?'

형운이 당황했다. 내공이 심후해지면서 중압진의 위력도 강해졌다. 조금 전 적들을 일거에 쓸어버릴 때처럼, 한순간이라면 물속에 빠진 듯한 압력을 선사해 줄 수 있었다.

그런데 이군혁에게는 통용되지 않는다. 압력을 증폭시킬 새도 없이 이군혁이 폭풍 같은 공세를 퍼부었다.

"인간을 초월한 나를 얕보지 마라!"

이군혁이 두른 사령의 기운은 주변을 잠식해서 환경을 유리하게 바꾸는 힘이 있었다. 또한 지금 지리적 이점은 이군혁에게 있다. 주변에 흐르는 막대한 마기에 사령의 기운이 호응해서 중압진의 묘용을 무력화해 버린다.

그 속에서 이군혁의 움직임이 점입가경으로 가속한다.

콰콰콰콰콰콰!

"으윽!"

형운이 가슴을 맞고 밀려났다. 놀랍게도 이군혁의 공격이 감극도의 방어를 뚫고 형운에게 도달하고 있었다.

'이 자식, 호흡이 이상해!'

마기에 호응해서 강해지는 것뿐만이 아니다. 이군혁의 움직임을 읽어낼 수가 없다.

형운은 상대방의 몸 전체를 보고 그 움직임을 통찰한다. 호흡, 눈빛, 신체에 특정부위에 힘이 모이는 조짐, 그리고 기파까지… 모든 요소들을 받아들여서 그 움직임을 읽어낸 다음 대응하는 것이다.

그런데 이군혁의 움직임은 너무나도 이질적이었다. 붉게 타오르는 눈은 시선을 파악할 수 없게 만들고, 호흡은 격한 움직임 속에서도 하는지 마는지 헷갈린다. 게다가 신체의 움직임도 괴이해서 관절의 방향을 보고 파악한 것과 다른 궤도로 공격이 들어오거나 근육이 수축되는 것을 보고 파악할 수 없는 변화가 일어난다.

가장 큰 문제는 기파의 감지다. 감극도가 반응하는 가장 근본적인 요소를 잡아낼 수가 없었다. 점점 더 농밀해지는 마기에 이군혁의 기파가 묻혀서 그 흐름을 파악하기가 너무나도 까다로웠다.

이렇게 되니 통찰의 뒷받침 없이 그때그때 감각적으로 대응하는 수밖에 없다. 그리고 그건 형운이 가장 취약한 분야였다.

퍽!

형운이 어깨를 얻어맞고 자세가 흐트러졌다. 그럼에도 무심반사경이 발동, 붕 떴던 팔이 거짓말처럼 되돌아와서 다음 공격을 막는다. 하지만 이군혁은 막히든 말든 상관없이 힘을 폭발시켰다.

쾅!

"크억!"

형운이 비명을 지르며 뒤로 떴다. 억지로 막기는 했지만 자세가 무너져서 버티는 힘이 약했다. 이군혁은 그것을 간파하고 방어째로 부숴 버릴 기세로 일격을 먹였다.

데굴데굴 구른 형운이 몸을 일으켰다.

'젠장, 부러졌나.'

왼팔이 안 올라간다. 방금 전의 일격으로 완전히 뼈가 부러졌다.

이군혁은 형운에게 여유를 주지 않았다. 어느새 주변에 나타난 환마들이 이군혁과 교대하듯이 형운을 몰아친다.

"이 비겁한 겁쟁이 같으니!"

형운이 화를 냈다. 명백히 우세를 점하고 있는 주제에 일대일로 싸우지도 않다니!

"네 분노를 사서 기쁘군!"

하지만 이군혁은 그런 형운의 비난을 기꺼워했다. 형운이 화를 내고 괴로워하는 것은 그가 바라 마지않는 일이다.

그리고 그는 절대 형운을 얕보지 않았다. 주변의 마기에 의해 사령의 힘이 증폭되고 있기는 하지만 형운의 내공은 그보다 심후하다. 일거에 쏟아내서 형운을 압도, 수하들을 동원해서 회복할 틈을 벌어야 확실한 우세를 점할 수 있었다.

형운도 이군혁의 의도를 알아차렸다. 하지만 뻔히 알면서도 끌려갈 수밖에 없는 전술이다.

'안 돼. 이대로 밀리다가는……'

형운은 자기가 점점 좋지 않은 곳에 몰리고 있다는 사실을 깨달았다. 이군혁에게 밀리다 보니까 불길한 마기의 진원지에 가까워져 버렸다.

"자, 죽어라!"

형운이 환마들을 물리치는 사이, 이군혁은 단숨에 쏟아냈던 기운을 회복하고 다시 공격해 들어왔다.

펑!

형운의 복부에 그의 발차기가 들어갔다.

"으으으윽!"

"공자님!"

이를 악물고 고통을 참아내는 형운의 귀에 가려의 목소리가 들렸다. 형운의 시선이 그녀에게로 향했다. 주변에 흐르는 마기가 워낙 농밀해져서 일행의 모습이 잘 보이지도 않는다. 그래서 뒤늦게 형운의 위기를 알아차린 가려가 다급한 표정을 짓고 있었다.

하지만 그녀를 공격하는 적의 수가 아직도 많다. 마음은 다급한데 도저히 그들을 뚫고 갈 수가 없었다.

'누나, 오지 마요! 뒤를 보라고!'

형운은 그렇게 말해주고 싶었다. 가려는 형운을 보느라 방어가 소홀해져 있었던 것이다. 하지만 호흡이 흐트러져서 목소리가 나오지 않는다.

"제기랄……!"

형운은 억지로 힘을 쥐어짜내서 허공에다 주먹을 쳐 냈다. 새하얀 섬광이 날아가서 가려의 등 뒤를 노리던 환마에게 격중했다.

그 대가는 컸다.

쾅! 콰쾅!

"크억!"

형운의 몸에 이군혁의 쌍장타가 격중했다. 필사적으로 방어에 전념해야 할 상황에 치명적인 허점을 노출했으니 당연한 결과였다. 피를 토하며 날아가는 형운에게 이군혁이 결정타를 넣기 위해 달려들었다.

형운은 멍하니 그를 보고 있었다.

'이대로 끝인가?'

이군혁의 움직임이 보인다. 갑자기 정신이 기묘하게 가속되면서 그를 확실하게 포착하고 있었다.

하지만 아무것도 할 수가 없다. 남아 있던 한 줌의 기운을 가려를 구하느라 써버린 상태에서 큰 걸 얻어맞는 바람에 기운이 완전히 흩어져 버렸다.

'아, 젠장. 더럽게 꼬였네.'

거기서 가려를 구하지 않았으면 반격의 실마리를 잡을 수 있었을지도 모른다. 그러나……

'당연히 누나를 구해야지.'

후회 대신 가려의 얼굴이 떠올라서 형운은 웃어버렸다.

그 앞에 이군혁의 모습이 나타났다.

"끝이다! 흉왕의 제자!"

이군혁은 희열에 찬 표정으로 주먹을 내질렀다.

다음 순간, 그의 눈앞이 어둠에 휩싸였다.

'이건……!'

뭐가 어떻게 된 거지? 의아해하던 이군혁은 자기가 허공을 날고 있다는 사실을 깨달았다. 그리고…….

꽈과과과광!

압도적인 폭음이 울려 퍼지면서 산의 일각이 붕괴했다.

"공자님! 안 돼……!"

가려가 비명을 질렀다. 낭떠러지 쪽으로 지반이 붕괴, 쓰러진 형운이 거기에 휘말려 버렸다.

"공자니이이이이임!"

가려의 비명이 허망하게 폭음 속에 묻혀 버렸다.

6

한편 백야문도 들이닥친 흑영신교도들로 인해 혼란에 빠져 있었다.

다행인 것은 혼마 한서우가 한발 앞서서 경고해 주었다는 것이다. 그게 아니었다면 적들이 급습해 온 후에나 깨어나서 싸울 채비를 갖출 뻔했다.

마수와 환마들을 이끌고 흑영신교도들이 백야문을 몰아쳤다. 하지만 백야문에는 강력한 결계가 있어서 그들이 침범하기가 용이치 않았다.

"발칙한 것들이군."

이자령은 짜증을 내면서 적들을 바라보았다.

3년 전에 별의 수호자의 총단을 급습했다가 아무런 성과도 못 내고 도망친 주제에 감히 설산의 패자인 백야문을 공격해 오다니, 무시받은 기분이 들었다. 백야문은 오지에 있고 규모도 작으니 좀 해볼 만하다고 본 것인가?

하지만 백야문은 이미 500년. 이상 설산의 패자로 군림해 온 신비문파다.

좀처럼 세상에 나가 활약하지 않아서 그렇지, 역대 백야문의 고수들 중에는 절세의 검객들이 넘쳤다. 힘이 없었다면 온갖 위험이 넘치는 설산에서 패자로 군림할 수 있었겠는가?

또한 그들에게는 많은 우호 세력들이 있었다. 청륜이 이끄는 청안설표의 일족처럼 많은 설산의 영수들이 백야문의 아군이었다.

'손님들까지 있는 틈을 타서 오다니, 무슨 생각이지?'

다른 손님들은 그렇다 치고 태극문을 이끄는 선검 기영준은 일인군단이라고 할 만한 무위의 소유자다. 굳이 백야문을 지키는 전력이 증대되었을 때 쳐들어온 이유가 무엇인가?

'몰랐을 리는 없고.'

별의 수호자 총단은 쳐서 얻을 수 있는 이득이 무궁무진한 곳인데 비해 백야문은 쳐 봤자 얻을 수 있는 이익이 없어 보인다. 그런데 왜 이렇게 거창하게 일을 벌였는가?

짚이는 이유는 있다. 하지만 역시 굳이 이때를 고른 이유는 모르겠다.

─그래, 역시 빙령을 노리고 온 것이겠지. 하지만 왜 이때를 골랐는지는 알 수 없군.

그 점을 태상문주 오운혜에게 이야기하자 그녀가 대답했다. 이자령이 눈살을 찌푸렸다.

"음……."

빙령이란 백야문이 이 설산에 자리 잡게 된 이유였다. 백야문은 빙령으로 인해 강한 힘을 가졌으며, 동시에 그것을 지킬 의무를 지게 되었다.

그 의무에 대해서 귀가 따갑도록 듣기는 했지만 이런 날이 올 줄은 몰랐다. 여태까지 빙령을 노리는 놈들은 감이 좋은 마수나 요괴들 정도였지 이렇게 대대적으로 세력을 끌고 온 놈들이 없었던 것이다.

"무엇에 쓰려고 하는지는 모르겠지만… 마교 놈들이 생각하는 게 좋은 일일 리는 없지."

백야문에는 강력한 결계가 설치되어 있어서 적들이 밖에서 일으킨 강대한 마기의 기류가 침범하지 못하고 있었다. 그래서 백야문도들이 담을 넘어오는 적들을 족족 요격하는 중이다.

이자령은 높은 곳에서 상황을 지켜보며 필요한 곳에 나서고 있었다.

쉬이이이이……!

그녀의 주변에 한기가 휘몰아치면서 주변의 수분을 응결시켰다. 처음에는 눈이 비산해서 떠오르더니 허공에서 뭉쳐서 우박 같은 얼음덩어리로, 이윽고 얼음의 검들로 변한다.

"빙설백검(氷雪百劍)."

얼음으로 이루어진 백 자루의 검이 그녀의 주변에 떠다니는 광경은 그 자체로 경이였다. 그녀는 그중 하나에 올라타서 허공으로 떠올랐다.

그녀의 시선이 향한 곳에서 백야문도들이 커다란 곰의 형상을 한 마수에게 밀리고 있었다.

크허허허헝!

키가 2장(약 6미터)에 이르는 엄청난 덩치가 사나운 기운을 흩뿌린다. 몸을 날려 오는 것만으로도 백야문도들은 몸을 피할 수밖에 없었다. 계속해서 검격을 날려서 상처를 입히고 있었지만 어찌나 튼튼한지 죽질 않는다.

그리고 그 틈을 타서 환마들과 흑영신교도들이 담을 넘어와서 짓쳐 들어왔다.

"사형!"

어린 백야문도가 비명을 질렀다. 곰의 측면으로 돌아간 사형의 뒤쪽을 흑영신교도가 덮쳤기 때문이다. 절체절명의 상황이었다.

팍!

허공에 새하얀 선이 그어지나 싶더니, 흑영신교도가 그 자리에 멈췄다.

"아!"

일그러진 달빛을 받아서 새하얗게 빛나는 얼음의 검이 흑영신교도를 관통했다. 그것으로 끝이 아니었다.

콰하하하핫!

얼음의 검이 산산이 폭발하면서 흑영신교도를 얼음조각상으로 만들어 버리고, 예기와 한기가 결합된 빙설의 소용돌이가 곰 형상의 마수까지 덮쳐서 그 몸을 갈가리 찢었다.

크허어어어……!

새하얀 소용돌이에 휩쓸린 마수의 단말마가 공허하게 흩어져 갔다.

"과연 문주님!"

백야문도들이 달빛 아래 백 자루의 얼음 검을 거느리고 떠 있는 이자령을 보며 경탄했다.

지상에서 싸우던 가신우가 혀를 내둘렀다.

"우와, 말로는 들었지만 엄청나네요. 저분 사람 맞아요? 천계에서 내려온 무신(武神)이라고 해도 믿겠다."

성운의 기재인 그는 대부분의 기술은 한 번 보면 그 요체를 파악한다. 하지만 이자령이 보여주는 무공은 흉내 낼 엄두도 못 내겠다.

'대충 알기는 하겠는데…….'

기가 움직이는 방식을 보니 어떤 과정을 거쳐서 저런 현상이 일어나는지는 짐작이 간다. 하지만 문제는 아무리 봐도 그게 사람이 할 수 있는 일이 아닌 것 같다는 것이다.

필요한 것들을 준비하고 의식을 치러서 의도한 현상을 일으키는 기환술사라면 모를까, 무인은 그때그때 의념으로 기를 조종해서 자연에 영향을 끼친다. 그런 무인이 한기에 특화된 기운을 다루는 것만으로도 놀라운 일인데 이자령이 다루는 힘은 자연의 특정한 기운과 호응하는 영수조차도 초월하고 있었다.

'본 문의 무공도 그렇지만 백야문의 무공도 보통이 아니구만.'

도가 문파들의 정점에 선 태극문의 무공은 넓이와 깊이 모두 헤아릴 수 없었다. 가신우가 평생을 공부해도 그 끝을 보는 게 가능하다고 자신할 수 없을 정도로.

그래서 재미있다. 자신이 태극문의 문도라는 것이, 그리고 세상에 이 현묘한 무공과 견줄 만한 다른 절예들이 존재한다는 것이.

"사매, 비켜!"

잠시 이자령에게 넋이 팔렸던 가신우가 급하게 뛰어나갔
다. 뒤쪽에 빠져 있던 어린 소녀 도사, 소윤에게 모습이 보이
지 않는 무언가가 접근했기 때문이다.

"음흉한 녀석!"

가신우가 태극검을 펼치자 풍경과 완벽하게 동화되었던
상대의 모습이 흐트러졌다. 도가 무공 특유의 정화력이 상대
의 은신술을 해제시켜 버린 것이다.

모습을 드러낸 흑영신교도가 주저 없이 소윤에게 검을 찔
렀다.

"이 자식! 감히 내 사매에게 검을 들이대?"

가신우가 검을 내밀어서 그 공격을 막았다. 하지만 흑영신
교도가 검을 찌르는 힘이 강맹한 데 비해 가신우의 검에 실린
힘은 얼마 되지 않았다. 잠시 얽혔을 뿐, 한순간에 튕겨내고
전진할 것이다.

흑영신교도가 그렇게 생각한 순간, 변화가 일었다.

가신우의 검이 그의 검을 끌어들이면서 원을 그린다. 그것
으로 그의 기운이 흐트러지고, 가신우는 검의 궤적 그대로 허
공으로 떠오르면서 회전, 커다란 원을 그렸다.

파학!

'이런 말도 안 되는 공격에······?'

흑영신교도는 눈을 부릅뜬 채로 절명했다.

믿을 수가 없다. 눈앞에서 몸을 띄워서 호쾌하게 한 바퀴 돌면서 날린 공격 따위에 맞다니, 별로 빠르지도 않은 공격이었는데!

그것이 바로 태극검의 극의였다. 조화로운 원으로 상대를 감싸 그 속에 녹여 버린다. 최초에 검이 맞닿은 순간부터 흑영신교도는 이미 가신우가 그리는 원에 녹아들고 있었던 것이다. 검세가 가신우의 의도대로 끌려가니 마치 빨려 들어가듯이 일격을 받고 말았다.

소윤이 놀라서 가신우를 바라보았다.

"아, 가 사형! 정말 고맙······."

"정신 똑바로 차려! 내가 매번 이렇게 구해줄 수 있단 보장 없으니까! 주변도 안 살피고 있으면 어떡하냐?"

"······."

가신우가 호통을 치는 바람에 솟구치던 감동이 싸늘하게 식었다. 소윤이 고개를 돌리고 투덜거렸다.

"···이러니까 잘해주고도 인기가 없지."

"뭐?"

"아니에요. 고맙다구요."

"할 말 있으면 분명히 하라고."

가신우는 못마땅한 듯 눈살을 찌푸리고는 적들에게 맞서
갔다.

그것을 본 기영준은 제자의 성장이 흡족했다. 형운에게 패
한 후 정진한 가신우의 성장은 무서웠다. 이미 저 나이 때의
자신을 아득히 뛰어넘고 있으니, 10년만 지나면 태극문에서
가신우보다 무위가 뛰어나다 할 수 있는 이가 몇이나 남을 것
인가?

'그나저나 이상하군.'

백야문은 지금까지 한 명도 죽지 않고 적들을 잘 막아내고
있었다.

하지만 그건 이상한 일이다. 아무리 이자령의 신위가 전체
를 살피면서 전황을 조절하는 데 탁월한 힘을 발휘한다고 해
도 이럴 수가 있을까?

적들의 공세가 이상할 정도로 미적지근하다. 결계 바깥쪽
에서 일어나는 일이 얼마나 무시무시한 규모인지 느껴지는
데, 그에 비해 쳐들어오는 적의 수준이 그리 높지 않았다.

⟨과연 감탄스럽구나.⟩

그때 갑자기 허공에 맑은 소년의 목소리가 울려 퍼졌다.

기환술을 통해 전달되는 그 목소리에는 강대한 힘이 실려
있어서 듣는 사람들을 뒤흔들었다. 다들 내공을 끌어 올려서
스스로를 보호했다.

〈설산검후와 선검, 두 사람의 이야기를 귀가 아프도록 들었지만 소문이 실제만 못하군.〉

"어디의 애송이가 버르장머리 없이 모습도 안 보이고 떠들어대는 게냐?"

이자령이 물었다. 그러자 상대가 대답했다.

〈본인은 위대한 흑영신의 화신이니라.〉

"흑영신교주? 흠. 하긴 선대가 귀혁에게 맞아 죽은 뒤로 20년도 넘게 지났으니 슬슬 다음 대가 나타났을 때이긴 하군."

"이놈! 무엄하다! 감히 교주께!"

그렇게 외친 것은 온통 검은 옷으로 몸을 감싼 검은 복면을 쓴 남자였다. 이자령이 100장(약 300미터) 밖에 있는 그를 보며 코웃음을 쳤다.

"마교의 잡것들 주제에 사람을 상대로 무례를 논하다니 실로 불쾌하구나."

동시에 얼음의 검들이 쏜살같이 남자에게 날아들었다. 그러자 남자가 검을 뽑아 그것을 받아쳤다.

쾅! 콰쾅!

얼음 검이 내리꽂혔는데 폭음이 울려 퍼졌다. 남자가 회색의 검기를 펼쳐서 요격하자 얼음 검이 폭발, 서리의 소용돌이가 되어 남자를 덮쳤다.

"큭!"

순간적으로 사방 10장(30미터)을 갈가리 찢은 뒤 얼음 기둥으로 바꿔 버리는 공격 속에서 남자가 이탈했다. 그런 그에게 이자령이 말했다.

"호오, 안 죽고 살아난 걸 보니 팔대호법의 일원쯤 되느냐?"

"이 몸은 흑서령(黑誓靈)이다!"

"그렇군. 사령인은 아닌 것 같은데, 젊은 것이 상당히 겉늙었구나. 자기소개도 했으니 그만 죽어라."

이자령이 코웃음을 치며 주변에 거느린 얼음의 검이 아닌, 자신의 검을 허공에다 대고 휘둘렀다. 동시에 그 궤적을 따라서 새하얀 서리가 흩뿌려지고…….

서걱!

섬뜩한 절삭음이 울려 퍼졌다.

"큭……!"

흑서령이 낭패한 신음을 흘렸다. 그의 가슴에서 핏방울이 후두두둑 떨어지다가 그대로 얼어붙는다. 검으로 베인 듯한 상처에서 강한 한기가 일어나면서 내면으로 침투하려고 하고 있었다.

"크아아앗!"

흑서령이 스스로의 손으로 가슴에 난 상처를 베어내었다. 동시에 그의 마기가 내부로 침투하던 한기를 끌어내는 데 성공했다.

놀랄 일은 그뿐만이 아니다. 그가 방금 전까지 서 있던 자리에 거대한 검으로 베어낸 듯한 흔적이 나고 거기서 한기가 일어나서 얼음 기둥을 만들어내고 있었다.

"심검(心劍)인가!"

"빙백무극검(氷白無極劍)이라 하지. 그런데 사특한 술법의 도움이 아니면 그걸 받아내지도 못할 정도라니, 귀혁이 말한 대로 심하게 수준이 떨어지는군. 심상경(心狀境)에도 들지 못한 애송이들을 팔대호법으로 거느리고 있다니 이번 교주는 심려가 크겠어."

검사가 도달해야 하는 극의라 일컬어지는 경지, 심검. 마음이 이는 순간 거리도 장애물도 개의치 않고 적을 베어버린다는 극상승의 절예를 이자령이 아무렇지도 않게 펼쳐 낸 것이다.

이것을 본 이들은 적군, 아군을 막론하고 모두 다 경악했다.

"세상에. 심검이 저렇게 펼칠 수 있는 거였어?"

가신우는 놀란 입을 다물지 못했다. 성운의 기재이기에, 그리고 충분히 고수라 할 만한 실력을 갖췄기에 알 수 있었다. 이자령이 장난처럼 펼친 것이 얼마나 무서운 경지인지.

심검 그 자체는 본 적이 있었다. 스승인 선검 기영준 역시 자신의 마음에 떠올린 것을 현세에 그려낼 수 있는 경지라는 심상경에 도달한 고수다. 언젠가 그곳에 도달하라는 목표로서 심검을 보여주었다.

하지만 그런 그조차도 이자령이 한 것처럼 아무렇지도 않게 심검을 펼칠 수는 없다. 기가 움직이는 조짐조차 없이 100장의 거리를 격하고, 심지어 아무런 시간 차도 없이 적을 격살하는 검을 장난처럼 펼치다니!

〈오늘 내가 크게 개안하는군. 물러나거라, 흑서령.〉

"크윽, 그러나 교주님!"

〈이제 막이 올랐을 뿐이다. 사소한 일로 날뛰다가 귀중한 전력을 희생시키면 계획에 차질이 있음을 모르겠느냐?〉

교주가 준엄하게 꾸짖자 흑서령이 어쩔 수 없이 물러났다. 교주가 말했다.

〈백야문주 설산검후 이자령이여, 그대에게 제안을 하나 하겠다.〉

"무슨 돼먹지 못한 소리를 지껄이려고 그러느냐?"

〈빙령을 내놓거라.〉

"흠, 역시 목적은 그것이었나."

예상이 들어맞자 이자령이 코웃음을 쳤다. 교주가 말을 이었다.

〈너희들 스스로 빙령을 바친다면 우리는 더 이상 아무것도

하지 않고 물러가겠다. 흑영신의 화신인 내 명예를 걸고 약속하지.〉

"지금 그걸 내가 받아들일 거라고 기대하고 말한 건 아니겠지?"

〈물론이다. 그랬다면 공격하기 전에 말하지 않았겠느냐?〉

"선대 교주보다 유쾌한 애송이로구나. 얼굴을 보이면 단칼에 베어줄 텐데……."

〈주인공은 나중에 등장하는 법이지. 곧 마주 볼 때가 올 것이다. 자아, 그러면 축제를 계속해 볼까?〉

교주의 선언과 함께 흑영신교의 무리들이 다시 맹공을 펼치기 시작했다.

제24장
혼마(混魔)

성운을
먹는자

1

몽롱한 의식이 과거의 기억 속을 유영한다.

형운은 반쯤 꿈결 같았던, 현세와 꿈의 경계에서 이루어졌던 만남을 기억했다.

일월성신을 이룬 형운이 다시금 일월성단—별을 먹고 찾아갔을 때, 성존은 말했다.

"실로 기이하군."

"뭐가 말이죠?"

"너는 정말 놀라운 상태야. 해와 달과 별의 힘을 한 몸에 품어서 일월성신을 이루었으니, 인위적으로 만든 그릇 중에서는 그 누구보다도 내가 바라는 형태에 가깝다고 할 수 있지."

본래 세 개의 일월성단은 하나였다. 하지만 해와 달과 별의 기운을 하나에 담은 단약은 현세의 생명이 품기에는 너무나도 강하고 위험한지라 그것을 셋으로 나누어 해와 달과 별의 일월성단으로 만들었다.

"그런 거였어요?"

형운이 놀랐다. 일월성단은 하나 먹을 때마다 그 막대하고 순수한 기운에 자신이 융화되어 사라지는 것을 걱정해야 했다. 그런데 그것도 원래 하나였던 것을 셋으로 나누어놓은 거였다니?

성존이 말했다.

"뭐, 하지만 셋으로 나눈 걸 다 취했다고 해서 최초의 하나를 취하는 것과 같은 효과가 나는 건 아니야. 그게 가능할지부터가 의문이었지만, 이제 너라는 성공 사례가 나타났지. 1300년 만이라니 꽤 긴 시간이었어."

연단술사들이 성존의 아래로 모여들어서 별의 수호자를 결성한 지 벌써 1300년이라는 시간이 흘렀다. 그동안 아무도 일월성신을 이루지 못하고 있었던 것이다.

성존이 말했다.

"그런데 보면 볼수록 묘하단 말야?"

"뭐가요?"

"애당초 일월성단은 최초의 하나를 셋으로 나누어서 독립시키는 과정에서 많은 부분이 열화되었지. 그 셋이 가진 힘의 총량을 합쳐도 최초의 하나와는 비교도 안 될 정도로 작은 거야. 하지만 분명히 그것들을 합쳐 놓으면 큰 상승효과가 발생하게 되고 그건 인간이 품기에는 실로 거대한 힘이지. 즉 그것을 담아낸 시점에서 너는 인간의 한계를 초월한 그릇인 셈이야."

그것이 바로 일월성신이다. 연단술사로서 지고의 경지를 엿보는 성존조차도 실현될 거라고는 확신하지 못했던 미지의 존재.

"그런데……."

성존은 정말 이해할 수 없다는 표정으로 물었다.

"왜 네 기운은 이 정도밖에 안 되는 거지?"

2

뚝……. 뚝…….

물방울이 떨어지는 소리가 들린다. 적막에 휩싸인 공간 속에서 그 소리는 놀랍도록 선명하게 울리면서 청각을 자극했다.

서서히, 지루하다 못해 짜증 날 정도로 느리게 반복되는 그 소리 속에서 의식이 조금씩 깨어난다. 그것이 좀 더 멀리서 들려오는 소리라는 것을 깨달은 것은 한참 후의 일이었다.

동시에 끔찍한 이질감이 느껴졌다.

'이건 뭐지……?'

형운은 멍한 정신으로 생각했다. 머리에 열기가 몰려서 정신이 흐릿한 상태인데도 자신의 몸속에, 정확히는 기맥에 이질적인 무언가가 존재한다는 것을 느낄 수 있었다.

그것은 기감이 없는 일반인에게는 설명하기 어려운 감각이다. 하지만 몸을 헤집고 거기에 인체에 속하지 않는 무언가를 집어넣어 둔다면 분명 이런 불쾌감이 들지 않을까?

우우우우우…….

형운은 내면에서 들려오는 소리를 들었다. 그리고 무의식 중에 기를 움직여서 그 이물감을 해소하고자 했다. 도도하게 흐르는 형운의 진기가 자신의 영역에 침입한 무언가를 녹여 없애 버리려 한다.

'외부에서 주입된 기운인데… 뭐야, 이거? 뭐가 이렇게 혼탁해?'

형운은 자신의 기운이 비정상적으로 정순하다는 것을 알고 있었다. 사부인 귀혁조차도 그 점에 있어서는 형운을 따라오지 못한다.

하지만 그걸 감안해도 이 정도로 탁한 기운은 느껴본 적이 없다. 무공을 익히지 않은 일반인이 막 살다 보면 체내의 기운이 이런 상태가 되지 않을까?

'근데 또 그런 것치고는 엄청 양이 많고 밀도가 높잖아? 이렇게 혼탁한 기운을 갖고 내가 고수가 될 수 있나?'

엄청나게 심후한 내공을 가진 누군가가 주입했다고밖에 볼 수 없는 양이고 밀도다. 그것은 형운의 몸속에 자리 잡은 채 모종의 역할을 수행하고 있었다.

'큭……'

형운은 내력을 움직여서 그 기운을 녹여 버리기 시작했다. 몽롱했던 정신이 깨어나면서 전신에서 빛이 일었다.

'차갑다.'

동시에 형운은 자기가 있는 곳이 지독히도 춥다는 것을 인식했다.

하지만 추워서 몸을 떨지는 않았다. 지금의 형운에게 차가움이란 그냥 감각으로 인식하는 상태일 뿐이지 고통으로 이어지는 요소가 아니었으니까.

일반적으로 한서불침은 신체가 부상을 당해서 기운이 쇠하면 깨지게 마련이다. 하지만 일월성신을 이룬 형운에게는 해당 사항 없는 이야기였다.

대신 다른 고통이 밀려왔다.

"으윽……."

몸 여기저기 안 아픈 곳이 없다. 머리에 열이 올라서 조금 흔들리기만 해도 아프고, 조금만 몸을 움직여도 몸 전체가 욱신거려서 형운은 몸을 부르르 떨었다.

그래도 일어나야 한다. 아무리 한서불침이라지만 다친 몸으로 천장에 고드름이 수두룩할 정도로 추운 곳에서 누워 있어서 좋은 꼴을 볼 수 있을 리 없으니까.

아파서 좀처럼 일어나기가 어려웠기 때문에, 감극도 무심반사경까지 동원해 가면서 몸을 일으켰다. 그러자 뒤쪽에서 누군가의 놀란 목소리가 들려왔다.

"어, 일어났다?"

어린 소녀의 목소리였다. 형운은 놀라서 돌아보려다가 굳었다.

'……!'

너무 아파서 비명도 안 나온다. 부러진 왼팔로 몸을 지탱하려고 했으니 당연한 결과다.

"으윽……."

겨우 몸을 일으킨 형운이 뒤를 돌아보았다. 하지만 아무도 없다.

'뭐지?'

하지만 누군가 자신을 바라보고 있는 게 느껴진다. 은신술인가?

'아니, 뭔가 다른데······.'

고개를 갸웃하던 형운은 일단 주변을 둘러보았다.

그곳은 얼어붙을 듯 차가운 공기가 흐르는 동굴이었다. 주변에 종유석이 가득한 모양을 보면 자연적으로 형성된 것 같은데 공간이 꽤 넓다. 그리고 왠지 안쪽에서 빛이 흘러나오고 있어서 종유석과 거기에 붙은 얼음들에 반사되니 분위기가 신비롭기 그지없었다.

곧 형운은 자기 몰골이 엉망진창이라는 사실을 깨달았다.

'으, 아파.'

옷이 완전히 엉망이 됐다. 반쯤 찢겨 나가서 상반신은 반쯤 맨살을 드러내고 있는 게 아닌가?

몸 상태는 생각보다는 괜찮았다. 뭐 왼팔 뼈가 부러졌고 늑골도 다섯 대쯤 나갔고 다리뼈에도 금이 갔으며 내장도 좀 상한 것 같지만······.

'···괜찮은 게 아니잖아?'

말해놓고 보니까 참 심각하다. 일반인이었으면 이 추운 곳에 떨어진 시점에서 시시각각 다가오는 죽음에 몸서리쳤어야 했을 것이다.

그런데 형운은 그런 상태인데도 신기할 정도로 외상이 적었다. 일월성신을 이루면서 거죽이 워낙 튼튼해져서 그런지 찢어지거나 멍든 부분은 오히려 적다. 입술이 좀 터지고 여기 저기 자잘한 상처가 난 정도다.

'운기를 해야겠는데……'

몸 상태를 회복하려면 일단 운기조식부터 해야 한다. 하지만 누군가 보고 있는 상황이라 함부로 무방비 상태로 들어갈 수가 없다. 자기를 바라보는 시선에 악의는 없고 호기심만 느껴지기는 하지만…….

'음, 이거 참. 내가 진짜 어떻게 됐나?'

보이지도 않는 상대의 시선에서 자연스럽게 감정을 느낀다니, 아무리 봐도 이상하다. 하지만 일월성신을 이룬 후로는 꽤 자주 겪는 일이었다.

샤샤샤샤샥.

그런 형운의 귀에 미세한 소리가 들려왔다. 마치 작은 짐승이 바닥을 딛고 달려가는 것 같은 소리였다.

형운은 그 소리가 들린 곳, 동굴 안쪽을 향해 절룩거리며 걸어갔다. 그리고 그 안쪽에서 놀라운 광경을 발견했다.

"와……."

절로 감탄사가 나왔다.

일정한 지점을 기점으로 해서 천장이 확 높아지면서 커다란 공동이 형성되어 있었다. 거대한 종유석들과, 수정처럼 자라난 얼음들이 주변을 차지하고 있으며 위쪽으로 뚫린 천장에서 희미한 빛이 마치 흐르는 모래 알갱이처럼 흘러내렸다. 그 바로 아래쪽에 살얼음이 낀 물이 고인 연못이 있어서 빛이 사방으로 반사되니 말도 못하게 아름다웠다.

'저건 뭐지?'

게다가 그 연못에서 주변과 뚜렷하게 구분되는 빛이 일렁이면서 흘러나오는데 그게 묘하게 형운을 자극했다. 몸 전체를 미미하게 간질거리는 듯한 감각이었다.

잠시 그 광경에 홀려 있던 형운이 문득 코를 벌렁거렸다.

"응?"

뭔가 코를 찌르는 냄새가 난다. 형운은 놀라서 주변을 두리번거렸다.

그리고 연못 앞쪽의 종유석 뒤에서 빼꼼 고개를 내밀고 있는 그림자와, 그 앞에 있는 그릇을 발견했다. 둥근 그릇에 푸른 액체가 담겨 있고 그 위에 새하얀 꽃잎이 동동 떠다니는데, 거기에서 아주 강렬하게 달콤한 향기가 나고 있었다.

'단 거다!'

그것을 발견한 형운의 눈이 빛났다. 거의 반사적으로 거기에 뛰어들어서 그릇을 들고 핥아서 맛을 보았다.

혀가 얼어붙을 듯이 차갑고, 동시에 꿀처럼 달콤했다.

동시에 전신에 격통이 몰려왔다.

"으그그그극……."

몸을 조금만 움직여도 아픈 주제에 전속력으로 돌격했으니 당연한 일이었다. 그릇을 든 채로 몸을 배배 꼬는 형운에게 누군가 물었다.

"…아프지 않아?"

"당연히 아프지! 으아아아… 근데 맛있어. 달다. 끝내준다."

형운이 고통에 몸을 부들부들 떨면서도 단맛에 대한 감동의 눈물을 흘렸다. 백야문에 와서 정상적인 맛의 음식들을 먹어서 너무 좋았지만 거기에는 달달한 간식의 맛이 빠져 있었다. 이 순간, 혀끝으로 느끼는 천상의 단맛이 격통조차 누를 감동을 형운에게 선사하고 있었다.

문득 시선이 느껴졌다. 뭔가 겁먹은 듯한 시선이었다.

'응?'

형운은 퍼뜩 정신을 차리고 앞을 바라보았다.

불그스름한 갈색 눈동자를 가진 소녀가 형운을 바라보고 있었다. 나이는 형운보다 한두 살 정도 어리지 않을까? 앳되고 귀여운 인상이다.

외모는 대단히 개성적이었다. 백옥 같은 피부에 머리칼은 희미하게 잿빛을 띤 백발이다. 그리고…….

'어, 귀가…….'

머리 위에 둥근 동물의 귀가 쫑긋 서 있었다. 형운이 설산에 대한 지식이 풍부했다면 설산여우의 귀를 약간 크게 키워 놓은 것 같다고 여겼으리라.

거기까지 본 형운은 한 가지 아주 중요한 사실을 깨달았다.

소녀는 알몸이었다.

"……."

쓸데없이 좋아진 안력이 한순간에 소녀의 몸을 포착했다. 잡티 하나 없이 매끄러운 우윳빛 피부, 어려 보이는 얼굴과 달리 보기 좋게 부풀어 오른 가슴, 그리고…….

'아냐! 아냐아냐아냐아냐! 보려고 한 게 아냐!'

형운의 얼굴이 순식간에 새빨갛게 물들었다. 하지만 이 순간에도 그의 눈길은 소녀의 몸에 못 박혀서 뇌리에 선명한 영상을 각인시켰다.

"왜 그래?"

굳어버린 형운을 보면서 소녀가 고개를 갸웃했다. 형운은 주춤주춤 뒤로 물러나다가 이윽고 휙 고개를 돌렸다.

"나, 나는 아무것도 못 봤어!"

"응?"

소녀가 당황하는 형운에게 다가온다. 그러더니 형운의 얼굴 옆으로 고개를 들이밀었다.

"뭘?"

"그게, 그러니까……."

형운의 얼굴이 새빨개졌다.

지금까지 살면서 여자애 알몸을 본 건 처음이었다. 그런데 상대가 너무 태연해서 뭐라고 말해야 할지 모르겠다.

'혹시 정신이 이상한 여자애인가?'

형운이 쩔쩔매면서 물러났지만 소녀는 호기심을 발휘하면서 달라붙었다.

난처함과 상처의 고통 양쪽이 한계에 도달한 형운을 구원해 준 것은 한 남자의 목소리였다.

"엥? 뭐야? 어떻게 벌써 일어난 거지?"

3

다른 쪽으로 뚫린 동굴을 통해서 새카만 옷을 입은 남자가 걸어오고 있었다. 나이는 30대 중후반 정도일까? 약간 날카로운 인상의 미남자였다. 검은 머리칼을 길게 늘어뜨렸고 키가 6척(약 180센티)을 넘는 장신에 균형 잡힌 체격이었다.

"한나절은 더 뻗어 있었어야 정상인데… 유설, 네가 깨웠냐?"

"아니? 그냥 혼자 실룩실룩 번쩍번쩍하더니 깼어."

유설이라 불린 알몸의 소녀가 고개를 도리도리 저었다.

남자가 고개를 갸웃했다.

"실룩실룩 번쩍번쩍이라니?"

"누운 채로 몸을 이렇게……."

유설이 가슴을 실룩실룩 앞으로 내미는 시늉을 했다.

"…하더니 몸이 번쩍번쩍 빛나고 눈을 떴어."

"흠, 설명 고맙다."

"알아들었어?"

"아니, 역시 네 설명은 전혀 도움이 안 된다는 사실을 확인했어. 직접 봐야겠군."

"열심히 설명했는데! 서우 나빠!"

"열심히 알아들으려고 노력했지만, 그럴 수 없었을 뿐이다. 유감스러운 일이지."

남자는 그렇게 말하고는 형운에게 다가와서 대뜸 손을 뻗었다.

동시에 형운의 몸이 자연스럽게 반응한다. 뻗어오는 그의 손길을 쳐 내면서 튕겨 나가듯이 거리를 벌렸다.

비명조차 지를 수 없는 격통이 몰려오지만 이를 악물고 참아내며 자세를 잡는다. 그리고 남자를 노려보았다.

"호오?"

손을 쳐 내진 남자의 눈썹이 치켜 올라갔다. 동시에 그가 히죽 웃었다.

"애송이가 건방지군. 아니, 그 전에 개코라고 해야 하나?"

"저 사람은 그냥 인간인데?"

"…일종의 비유야. 후각이 개처럼 예민하다는 뜻이지."

유설의 물음에 남자가 맥 빠진 듯 대답해 주고는 형운을 바라보았다. 그의 입가에 장난기 어린 미소가 떠오른다. 악동 같은 표정이었지만 형운은 그것을 보는 순간 심장이 얼어붙는 것 같았다.

남자가 말했다.

"너, 내 마기를 느꼈구나? 열심히 감추고 있었는데… 감이 좋네?"

남자는 마인이었다. 감추고 있다고는 하지만 아주 희미하게 마기의 잔향 같은 것이 몸에 남아 있었다. 형운의 기감은 그것을 무심히 흘려버렸지만 일월성신을 이룬 육체는 민감하게 반응한 것이다.

남자가 말했다.

"뭐, 그건 그거고… 감히 내가 목숨도 구해주고, 호의를 베풀고자 손을 내밀었는데 그걸 쳐 내다니 아주 건방지구나. 일단 좀 눕혀놓고 대화를 해보자꾸나."

동시에 남자의 모습이 코앞으로 다가왔다. 형운이 기겁했다.

'뭐가 이렇게 빨라!'

말도 안 되게 빠른 속도다. 특히 앞으로 다가올 때 전혀 움직이는 조짐이 없었다. 어깨가 들썩이지도, 다리에 힘을 주고 땅을 딛는 기색도 없이 미끄러지면서 다가와서 시간과 공간을 인지하는 감각을 비틀어 버린다.

팍!

하지만 그래도 감극도가 반응한다. 형운은 그가 뻗어오는 손을 막았다.

'으으으으윽!'

동시에 격통이 몰려온다. 형운은 덜덜 떨리는 몸을 바로잡으면서 이를 악물었다.

팍! 팍! 파바박!

연이어 일곱 합을 겨루었다. 형운에게는 남자의 움직임이 거의 보이지도 않지만 감극도 때문에 용케 막아낼 수 있었다.

남자가 놀랐다.

"와, 뭐야? 너 애송이 맞냐? 혹시 반로환동(返老還童)한 노인네 아냐?"

그 앞에서 형운은 격통을 이겨내면서 새로운 기술을 사용했다.

—감극도 무심반사경 인형술(人形術).

부상으로 인한 고통이 전투 효율을 생존이 위험한 상황까지 떨어뜨렸을 때를 위한 감극도의 비기였다. 통각을 고통으로 인식하는 감각을 강제로 닫아버리고 모든 감각을 '상태'

로만 인식한다. 그리고 수치화된 감각을 이성으로 조율하면서 마치 실로 연결된 인형을 조종하듯이 자신의 몸을 제어한다.

얼핏 들으면 무적의 기술 같지만 당사자에게는 굉장히 끔찍한 부담을 안겨주는 기술이었다. 일단 육체를 움직임에 있어 직감적인 제어를 배제하기에 효율이 떨어지며, 고통이 없는 만큼 자신의 육체가 얼마나 아픈지 명확하게 파악하기가 어렵기 때문이다. 자칫하다가는 아픈지도 모르는 새 돌이킬 수 없는 부상을 입는 수가 있었다.

'그래도 이 사람을 상대하려면… 하는 수밖에 없다.'

형운의 전신에서 식은땀이 비 오듯 흘러내렸다.

눈앞의 마인은 강하다. 마기는 희미한 잔향밖에 느껴지지 않을 정도로 억눌러져 있고, 기파는 거의 일반인처럼 보일 정도로 약하다. 기감이 감지하는 정보로만 보면 남자는 전혀 위험한 존재가 아니다.

하지만 일월성신의 본능이 형운에게 경고한다. 이 남자는 위험하다고. 지금까지 싸웠던 그 어떤 적과도 비교가 안 되는 괴물이라고!

'겨우 살아났다 싶었는데 이런 데서 죽는 건가? 젠장.'

결사의 각오를 다지는 형운을 보며 남자가 히죽 웃었다. 그의 입에서 의외의 이야기가 흘러나왔다.

"그렇군. 뭔지 생각났어. 이거 감극도잖아?"

'감극도를 알고 있어?'

"하도 어설퍼서 못 알아볼 뻔했네. 하지만 분명 인지의 바깥에서 내지른 공격, 감각과 행동 사이의 틈을 찌르는 공격을 했는데도 막아내는 기술은… 귀혁 그 작자의 감극도밖에 없지. 참 상대하기 짜증 나는 무공이었는데, 미숙한 상태는 이런 거였군."

그 말에 형운은 모골이 송연해졌다. 말하는 내용이 아무리 봐도 귀혁과 별로 좋은 관계가 아닌 것 같지 않은가?

"더 놀아보고 싶지만 내가 살려놓은 애송이를 괴롭히는 것도 어른스럽지 못하지? 그러니까 일단 좀 누워라."

동시에 남자의 몸에서 소름끼치는 기파가 흘러나왔다. 분명히 마기는 아닌데 가까이서 받는 것만으로도 기감이 짓눌려 버릴 것 같은 압도적인 기운이다.

'이 정도면… 최저 7심 이상, 어쩌면 8심!'

형운은 절망적인 결론을 내렸다. 자신과는 비교도 할 수 없는 수준의 무인인 데다가 내공까지 압도적이라니!

그리고 남자의 모습이 수십으로 늘어났다.

"감극도가 놀라운 기술이긴 하지만 어차피 그걸 행하는 것은 인간의 몸이고 인간에게는 두 손과 두 발이 있을 뿐이지. 자, 봐라. 네가 좇는 감극을 초월한 연타다."

파파파파파파!

한 호흡에 수십 발의 공격이 쏟아졌다. 실체인가 하면 분신, 분신인가 하면 실체였다. 인간의 모든 감각, 그리고 감극을 농락하는 난타다.

'아아아아악!'

형운의 방어가 순식간에 무너졌다.

그의 말대로다. 아무리 감극도가 경이로운 무공이라고 해도 그것을 행하는 것은 인간의 육신, 결국 그 한계를 벗어나지 못한다. 무심반사경으로 행하는 것보다도 아득히 빠른 속도로 날아드는 전방위 공격에는 대책이 없었다.

"으으윽!"

형운이 고통스러운 신음을 흘리며 주춤주춤 뒤로 물러났다.

그것을 본 남자가 눈을 크게 떴다.

"어? 뭐야? 왜 점혈이 안 돼?"

남자는 형운을 죽일 생각이 없었다. 그럴 생각이었으면 최초의 격돌 때 방어를 하든 말든 압도적인 파괴력으로 날려 버렸을 것이다.

극쾌의 연타를 날리면서도 형운의 몸에는 전혀 상처를 입히지 않는 놀라운 힘 조절을 더했다. 동시에 한 번 한 번의 공격이 전부 형운의 기혈을 자극, 힘을 흘려 넣어서 제압하기 위한 점혈이었다.

'으윽, 이 정도면 정말 사부님하고도…….'

귀혁과 동등한 수준의 무위를 실감케 한 존재는 처음이었다. 팔객들을 보기는 했지만 그들의 무위를 직접 견식한 적은 없으니 당연했다.

하지만 이 남자가 장난처럼 펼쳐 내는 움직임 하나하나가 죽었다 깨나도 재현하지 못할 것 같은 기술들의 향연이었다. 남자가 한가롭게 숨을 쉬는 것조차도 상승의 경지에 닿아 있는 것 같다.

"이거 애매하네. 점혈이 안 되면 얌전하게 만들 방법이 없잖아? 유설, 여기 뭐 묶어둘 거 없나?"

"없어."

"음, 어쩌지?"

"얼릴까?"

"…네가 농담으로 말하는 게 아니라는 거 아니까 그만둬라. 사람을 얼음 기둥으로 만들어서 어쩌게."

"서우는 너무 말을 어렵게 해. 바깥에서 혼마니 뭐니 하는 이상한 별명으로 불리면 다 그렇게 돼?"

그 말에 형운은 정신이 번쩍 들었다. 그리고 믿을 수 없다는 듯 그를 바라보며 물었다.

"혼마? 설마… 혼마(混魔) 한서우?"

"아, 맞아. 그렇게 불린 지 한 40년쯤 되었지. 유설, 봐라. 바깥세상에서는 이렇게 내 이름만 대도 알아본다니까 그러네."

"……."

형운은 너무 놀라서 멍청한 표정으로 그를 바라보았다.

4

'이 사람이 혼마? 정말로?'

형운은 믿을 수 없다는 듯 남자를 바라보았다.

아무리 봐도 나이 먹은 자의 얼굴이 아니었다. 혼마 한서우는 귀혁보다도 나이가 많은 걸로 알고 있는데 고작 30대 정도로밖에 보이지 않는다니?

'불사의 힘을 가졌느니 하는 소리가 있긴 했는데… 설마 그게 진짜였나?'

한때 3대 마교 중 하나로 불렸던 혼원교 최후의 전인인 한서우는 천년의 역사 동안 쌓여온 온갖 사악한 비술을 한 몸에 계승했다고 했다. 그래서인지 눈빛만으로 사람을 죽일 수 있다거나 악인은 영혼까지 먹어치운다거나 영생불사한다거나 하는 믿기 어려운 소문들이 따라다녔다.

한서우가 말했다.

"왜 그런 눈으로 보냐?"

"아, 아니… 들은 것보다 너무 젊으셔서……."

"내가 좀 동안이기는 하지. 아직도 젊은 아가씨들이 종종 유혹해 와서 곤란하다니까."

'그렇게 말하고 납득할 수준이 아닌 것 같은데?'

형운이 기가 막혀하는데 그가 물었다.

"근데 새파란 애송이가 선배님 존함을 듣고도 자기소개도 안하는 건 어느 나라 예의냐?"

"아, 실례했습……."

"여기 하운국 아냐?"

"……."

유설이 정말로 의아해하며 끼어드는 바람에 형운과 한서우가 떨떠름한 표정으로 그녀를 바라보았다. 하지만 형운은 곧 그녀가 알몸이라는 사실에 기겁해서 눈을 돌렸다.

'꼬리도 달렸잖아?'

하지만 그사이에 볼 건 다 봤다. 이제 보니 소녀의 머리에는 동물의 귀가, 그리고 뒤쪽에는 하얗고 도톰한 꼬리가 살랑거리고 있었다. 둘 다 설산여우의 그것을 소녀의 덩치에 맞게 키워놓은 것 같은 모습이었지만 형운은 그건 몰랐다.

'딱히 보려고 본 건 아니야. 진짜다!'

어디까지나 쓸데없이 좋은 안력과 순간기억력 때문에 본

거지 음흉한 의도로 관찰한 게 아니다. 형운은 그렇게 스스로에게 변명했다.

그런 형운을 보면서 유설이 고개를 갸웃했다.

"얘 왜 저래?"

"아마 네가 알몸이라 그런 거 같은데?"

"응? 이게 뭐가 문제야?"

"너야 여기서 안 나가니까 문제가 아닌데, 바깥세상에서는 그러고 다니면 미친년 소리 듣는다."

"그거 안 좋은 말이지?"

"아주 안 좋은 말이지."

"음, 왜?"

"인간은 옷을 입는 게 당연하거든. 인간 사회의 관습으로는 갑자기 알몸의 여자애를 보면 죄라도 지은 양 놀라고 난처해하는 게 보통이야."

"당신은 안 그러잖아?"

"나야 그럴 나이가 지났으니까. 하지만 저 아이는 한창 그럴 나이지."

"그런 거야?"

"넌 인간 사회를 겪어본 적도 없고, 여기에서 만나는 인간도 나를 제외하면 거의 대부분이 백야문의 여자 문도였지?"

"응."

"그러니까 여기서는 너보다 인간의 상식이 풍부한 내 말을 들어."

"음……."

"이거라도 걸치고 있어."

한서우가 소녀에게 외투를 벗어서 건네주었다. 외투도 털 외투가 아니었는데 그걸 벗으니 설산과는 지독히도 안 어울리는 헐렁한 차림새다. 하지만 그도 한서불침의 고수인지라 추운 곳에 가든 더운 곳에 가든 딱히 복장을 신경 쓰지 않았다.

그제야 형운은 다시 유설에게로 눈을 돌렸다. 그녀는 한서우가 건네준 겉옷을 헐렁하게 걸쳐서 알몸을 가리고 있었다.

'아니, 이건 이거대로 뭔가…….'

헐렁한 외투 아래로 맨다리, 맨발이 드러나 있는 그 모습도 묘하게 야하다. 형운이 뭉게뭉게 피어오르는 성장기 소년다운 발상을 필사적으로 억누를 때, 한서우가 물었다.

"이제 슬슬 네 소개를 좀 받고 싶다만?"

"실례했습니다. 후배는 별의 수호자 소속, 영성의 제자 형운이라고 합니다."

"역시 귀혁 그 작자의 제자였군. 하긴 그렇지 않고서야 감극도를 익히고 있을 리가 없지."

"……."

고개를 끄덕이는 그를 형운이 긴장한 기색으로 바라보았다. 만약 그가 귀혁과, 더 나아가서는 별의 수호자와 적대하는 사이라면 실로 절체절명이다.

하지만 한서우는 적의를 보이지 않았다.

"근데 너 몸뚱이가 되게 신기하다? 점혈도 안 먹히고. 점혈에 저항하거나 자력으로 푸는 놈은 봤어도 근본적으로 점혈이 안 먹히는 놈은 처음 봤네. 사령인도 아닌데."

그것 역시 형운이 일월성신이기 때문이었다. 일월성신은 외부의 기운에 좌우되지 않을 뿐만 아니라 아예 형운이 의식적으로 그 효과를 받아들이고자 하지 않는 한 점혈의 효과도 무시한다.

"어쨌든 점혈이 안 먹히니 순순히 제압해 놓고 살펴보기가 어려운데, 그냥 얌전히 말을 들어주지 않으련? 너 보니까 몸이 요상하게 튼튼해서 두들겨 패서 기절시키기도 힘들 것 같은데. 내가 어디 가서 이름 밝히면 다들 고수라고 감탄해 주는 사람이기는 하지만 지금의 너를 부상은 더 악화되지 않으면서 의식만 잃게 하기는 좀 힘들겠다 싶은데?"

"…그건 곤란합니다."

"이거 참. 난처하네. 뭐 경계하는 마음이야 알겠는데, 내가 딱히 네 사부랑 원수 사이인 건 아니야. 몇 번 아웅다웅하기는 했지만 뭐, 광세천교나 흑영신교 밟아놓을 때는 같이 싸운 전우라고도 할 수 있고. 그리고 가끔은 별의 수호자의 고객이 되는 경우도 있고 그렇다고. 무엇보다 내가 내상을 입은 몸으로도 너 살리겠다고 내력도 주입해 주고 그랬는데 이러면 서운하다."

"절 살리셨다고요?"

형운이 놀라서 물었다. 한서우가 어깨를 으쓱했다. 으스대는 모양새가 아무리 봐도 귀혁보다도 나이가 많은 노고수로는 보이지 않는다.

"그래. 흑영신교 놈들이 수작 부려놓은 걸 부수니까 그 여파로 주변이 죄다 무너지더라고. 거기서 네가 휩쓸려서 떨어지길래 너 붙잡고 내려왔다. 안 그랬으면 네 몸뚱이가 아무리 튼튼했어도 죽었어."

"……."

확실히 무너지는 지반과 눈 속에 집어삼켜져서 떨어질 때 누군가 자신을 잡아챘던 것 같기도 하다. 그런 상황에서도 부상이 이 정도에 그쳤던 건 한서우가 구해줬기 때문인가?

한서우가 말했다.

"깨어나기 전에 네 몸 안에 들어 있던 기운을 느꼈지? 그것도 내가 주입해 놓은 거야. 몸 상태가 워낙 엉망이라 일단 좀 회복시켜 놓으려고 부러진 뼈 맞춰놓고, 어긋난 뼈랑 근육 제자리로 잡아두고… 나도 내상 입어서 골골대면서 그런 작업

하느라 고생했다.”

“으음, 감사합니다. 그런데 선배님께서도 내상을 입으셨다고요?”

형운은 일단 그가 자신을 구해준 것을 인정했다. 정황상, 그리고 그의 태도를 보아 그의 말이 진실이라고 느꼈기 때문이다.

동시에 의아했다. 그는 귀혁과 필적할지도 모르는 엄청난 고수다. 그런데 그가 내상을 입었다고?

'게다가 전혀 안 그래 보이는데?'

“지금도 골골대는 중이야. 내상을 다스리느라 힘이 반도 안 나온다니까. 흑영신교 놈들 무지막지한 걸 설치해 둬서는… 그렇게까지 빙령이 갖고 싶었던 건가.”

한서우가 못마땅한 듯 혀를 찼다.

그가 설명한 상황은 이랬다. 흑영신교가 백야문을 공격하기 위해서 설산 곳곳에 현계와 마계의 경계를 흐트러뜨리고, 대량의 마기를 한곳에 모으는 기환진을 설치했다고 한다.

그 진의 중심에 정말 어마어마한 기운이 모여들고 있어서 한서우는 일단 공격을 가했다. 가만히 놔뒀다가는 돌이킬 수 없는 사태가 벌어질 것 같았기 때문이다.

결국 그는 흑영신교의 주구들과 쏟아지는 환마들을 모조리 쓸어버리고 진을 파괴했다. 하지만 진이 파괴될 때 그 안에 갇혀 있던 기운이 일거에 쏟아져 나왔는데 그것을 막아내 느라 내상을 입고 말았다.

'하긴 그건 정말… 엄청났지.'

형운은 마지막 순간, 폭발하던 기운의 강렬함을 기억하고 는 부르르 몸을 떨었다. 딱히 지반이 불안정하던 곳도 아닌데 그 폭발이 산을 통째로 깎아버린 것이다.

그런 폭발의 중심부에 있었다면 죽지 않고 내상을 입은 정 도로 끝난 게 대단한 것이다. 게다가 그 와중에 형운까지 구 해내지 않았는가?

한서우가 말했다.

"그러니까 잠깐 몸을 좀 보자. 응? 너 치료하려고 그러는 거라니까 그러네. 애당초 나쁜 의도를 품고 있었으면 네가 살 아 있기나 했겠어?"

"으음, 알겠습니다."

그가 자신의 목숨을 구했음을 인정했고, 강호에서 명성을 떨친 대선배가 이렇게까지 말하는데 계속 거절하는 것도 도 리가 아닌 것 같다. 게다가 어차피 그가 나쁜 마음을 먹는다 면 막을 방법도 없지 않은가? 형운은 그런 생각으로 두려운 마음을 억눌렀다.

한서우가 형운의 팔을 잡고 맥을 짚어보더니 놀랐다.

"호오, 내 기운을 완전히 녹여 버렸네? 이거 참 대단하다 못해 불가사의한 몸이로군."

"그러고 보니… 그 기운, 마기는 아니던데요?"

형운이 조심스레 물었다. 한서우가 무슨 소리를 하느냐는 듯 말했다.

"아픈 사람 몸에 마기를 불어넣다니 그런 미친 짓을 왜 해? 최대한 네가 받아들일 수 있는 기운으로 변환해서 불어넣은 거야. 뭐 이질감이 있기는 했겠지. 아무래도 내가 마인이다 보니 그렇게 정순한 기운을 만들기는 힘들거든."

그 말에 형운이 놀랐다.

'마인도 이런 식으로 기를 변환할 수 있구나.'

기를 다루는 감각과 기술이 특출하다면 스스로의 기운을 자유자재로 변화시키는 게 가능하다. 형운도 극음이나 극양으로 특화된 기운을 만들어내는 정도는 가능했고, 귀혁의 경우는 온갖 속성으로 스스로의 기운을 변환할 수 있었다.

하지만 마인이라고 하면 무슨 속성으로 특화시키든 간에 그 근간에는 마기가 깔려 있다고 알고 있었는데 자신의 몸에 주입된 기운은 좀 탁하기는 해도 마기의 흔적이 없었다. 한서우는 분명 마인이니 그만큼 그가 기를 다루는 능력이 대단한 것이리라.

'아, 나한테도 이런 재주가 있었으면 당하지 않았을 텐데……'

문득 형운은 쓴웃음을 지었다.

왜 이군혁에게 당했는지는 아주 잘 알고 있었다. 겪어본 적이 없는 상황에서 싸워야 했기 때문이다.

기재라 불리는 이들은 경험한 적 없는 상황에서도 번뜩이는 감각으로 해결책을 찾아낸다. 그러나 형운은 어디까지나 철저하게 단련하고 경험한 바탕 위에서, 숙고한 끝에 확실한 답을 선택하는 유형이었다. 정밀한 기관 장치와 비슷하다고나 할까?

한 번도 겪어본 적이 없고, 자기 경험을 대입해 볼 여지도 없는 상황에 부딪치면 힘을 발휘하기 어렵다. 그래서 귀혁은 형운에게 수도 없이 다양한 상황을 훈련시켜서 대응력을 기르게 해왔던 것이다.

그러나 그것도 한계가 있었다. 이번에는 상황에 개의치 않고 안정적으로 기량을 발휘하던 감극도를 발휘할 기반마저도 위태로운 상황이었으니…….

'일월성신을 이루지 않았다면 일찌감치 무너졌겠지.'

일월성신을 이루면서 육체의 반응 속도가 올라간 것은 물론, 기의 수발이 비할 바 없이 빨라졌다. 그래서 위기 상황에서도 그만큼이나마 버틸 수 있었다.

작게 한숨을 쉬는 형운에게 한서우가 물었다.

"왜 그러나?"

"아, 그냥… 좀 더 재능이 있었으면 좋았겠다 싶어서요."

"응? 그게 무슨 소린가?"

한서우가 눈을 크게 떴다.

5

지금의 형운은 5년 전과는 비교도 할 수 없을 정도로 강해졌다. 또한 일월성신을 이루기 전부터 육체의 성능이 올라갔는지라 근력과 순발력, 체력이 초인적이 된 것은 물론이고 감각이 정밀해지고, 기억력이나 사고력도 높아졌다.

그러나 여전히 형운에게는 흔히 무인들이 뛰어난 재능이라고 이야기하는 것이 없었다. 순간순간에 대응해서 답을 찾아내고, 자신을 변화시키는 감각.

깊이 골몰해서 이해하고 거기에 맞춰 스스로를 바꿔 나갈 수는 있다. 하지만 순식간에 새로운 것을 떠올리고 자신을 거기에 맞출 수는 없다.

감극도 마반극은 좋은 예가 될 수 있을 것이다.

귀혁이라면 대치해서 적이 힘을 발휘하는 순간, 곧바로 마기의 유형을 읽어내고 거기에 자신의 기운을 동조시킬 수 있다. 하지만 형운은 차분하게 상대를 관찰해야만 마기의 유형을 읽어낼 수 있으며, 자신의 기운을 동조시키는 데도 시간이

걸린다. 만약 상대가 변화무쌍하게 자신의 기운을 조절하는 재주가 있다면 아예 마반극을 쓸 생각을 포기해야 하는 것이다.

이건 단순히 익숙해진다고, 기술이 능숙해진다고 해결될 문제가 아니었다. 형운이 무공에 입문하는 그 순간부터 안고 있는 단점이다.

물론 무공을 익힘에 있어 답은 하나가 아니다. 귀혁은 형운이 어떤 유형인지 잘 알고, 그에 맞는 길을 제시해 주고 있었다.

그래도 이런 일을 겪고 보면 자신이 갖지 못한 것이 아쉬워지는 건 어쩔 수가 없다.

한서우가 묘한 표정으로 물었다.

"재능이라니, 무슨 재능 말인가?"

"제가 늘 무인으로서 재능 없다는 소리를 듣고 사는데… 그게 사실이거든요. 재능이 있었으면 이번처럼 어이없이 깨지진 않았겠다 싶어서요."

"……."

그 말에 한서우의 표정이 더더욱 묘해졌다.

"내가 어디 가서 슬슬 나이 좀 먹었다고 할 만큼은 살아온 편이지만… 이렇게 황당한 소리는 처음 들어보는군?"

"네?"

"네 나이가 몇이지?"

"열여덟 살인대요?"

"혹시 무공은 언제부터 시작했어?"

"열세 살 때 입문했으니 이제 5년 되었죠?"

"……."

이제는 한서우의 표정이 묘하다 못해 괴악해졌다. 형운이 고개를 갸웃하자 그가 뭐 이딴 놈이 다 있냐는 듯 말했다.

"내가 잘못 본 게 아니라면 애송이 네 내공이 아무리 봐도 6심은 되는 것 같은데?"

"맞는데요."

"…그런데 재능 없다는 소리가 나오나, 지금?"

"……."

형운이 입을 다물었다. 그렇게 따지면 할 말이 없기는 하다.

한서우가 어처구니없어하며 말했다.

"그 나이에 6심의 내공을 이룬 무인이 얼마나 될 것 같으냐? 게다가 무공에 입문한 지 5년? 너 어디서 떨어진 괴물이야? 선천진기가 넘쳐흐르는 영수의 혈통이라고 해도 그 나이에 그런 내공은 절대 이룰 수 없어. 네가 마기를 가졌으면 전설 속의 극마지체(極魔肢體)가 나타난 줄 알았을 거다."

"극마지체요? 그게 뭔데요?"

"마공의 극을 이룰 신체의 소유자를 말하지. 마공 한정으로는 성운의 기재보다 더 높게 쳐주는 자질이라고 이해하면 된다. 내가 그거에 가깝긴 한데, 하여튼 지금 중요한 건 그게 아니고. 음……."

거기까지 말하던 한서우는 뭔가 생각난 듯 눈살을 찌푸렸다. 그러더니 혼자 알겠다는 듯 고개를 끄덕인다.

"아, 그렇군. 네 말이 아주 틀리진 않네?"

"네?"

"확실히 너 재능은 없는 것 같아. 뭔가 미심쩍다 했더니 확실히 그렇네."

"……."

방금 전까지 열심히 부정하다가 이런 소리를 하다니! 그러나 형운의 살짝 울컥하는 기분은 한서우의 다음 말에 깨끗하게 날아가 버렸다.

"재능은 없는 주제에 성능은 말도 안 되게 좋구만."

"……."

그건 또 무슨 기관장치 완성도 품평하는 것 같은 소리인가?

하지만 실로 절묘하게 핵심을 찌르는 말이기도 했다. 형운에 대해서 이만큼 정확하게 요약하는 말이 또 있을까?

"하여튼 귀혁 그 작자 정말 요상하구만. 자기 몸도 볼 때마다 요상하게 바꿔놓더니. 애송아, 너 뭐 사악한 대법이나 이런 걸 받지는 않았지? 사람을 제물로 바치고 힘을 받는다거나."

"그런 적은 없는데요."

"근데 왜 그런 짓을 밥 먹듯이 한 놈들보다 네 몸이 더 성능이 좋냐?"

"…음."

확실히 육체의 '성능'을 기준으로 놓고 볼 때 일월성신은 경이로운 수준이다. 이제 형운은 육체 능력만 놓고 보면 대영수의 혈통을 이은 서하령조차 확연히 능가한다.

"네 사부가 정말 대단하긴 대단한 작자야. 도대체 뭘 먹이고 키웠길래 그런 몸이 된 건지 심히 궁금하다."

'그야 지독하게 몸에 좋고 끔찍하게 맛없는 거만 먹이고 키웠죠!'

형운은 그렇게 말하고 싶은 걸 참았다.

한서우는 혼절해 있는 형운의 몸을 살펴보고는 깜짝 놀랐다. 분명 순혈의 인간인데 그 신체는 지금까지 본 그 어떤 기재도 상대가 안 되는 잠재력을 품고 있는 데다가 이미 엄청난 성능을 가졌다.

"피부부터 시작해서 모든 육체의 강도 자체가 말도 안 되게 높고, 무공을 제외하고 생각해도 근력과 순발력은 영수의 혈통을 능가하는 수준에 이르러 있는데 심지어 그게 한계도 아니야. 게다가 기의 흐름은 비정상적으로 원활하면서 빠른 데다가 어떤 수단으로도 방해하기 어려우며, 외부에서 유입된 기운은 순식간에 자기 안에 녹여 버려서 영향을 끼치는 걸 허락지 않아. 너 한서불침이고 만독불침이지?"

"만독불침인지는 모르겠는데요? 백독불침인 건 맞는데, 아직 독을 762종밖에 시험을 안 해봤거든요. 만독불침이라고 확인을 받으려면 보유하고 있는 3,762종의 독을 다 시험해 봐야 한다고 해서."

"……."

형운이 너무 태연하게 말해서 한서우는 할 말을 잃었다.

일월성신을 이룬 뒤, 형운은 많은 시험에 응해야 했다. 1300년의 역사 속에서 최초로 탄생한 일월성신은 별의 수호자의 연단술사들에게는 한번 살펴볼 수라도 있으면 소원이 없겠다 싶은 그런 존재였다. 각종 약물이나 독이 신체에 어떤 영향을 끼치는지 알아보는 것도 그 일환이었다.

한서우가 헛웃음을 흘렸다.

"허허. 그래. 뭐 내가 보기에 넌 만독불침일 거야. 만독불침인 내가 하는 말이니……."

"저희 사부님도 만독불침이신데 아직 확신 못 하겠다고 하시던데요?"

"…이래서 학자들이란. 기준이 쓸데없이 까다롭다니까."

형운의 말에 한서우가 투덜거렸다. 무인들이야 대충 그럴 싸한 모습 좀 보여주고 이게 이거다! 하면 그런가 보다 하는데 학자들은 꼬치꼬치 따지고 든다.

한서우가 말했다.

"아무튼! 네가 그런 상태인 건 딱히 그쪽에 특화된 무공을 익히거나 체질 개선을 했기 때문이 아니라… 완전한 기운의 그릇이라 그런 것 같군."

"완전한 기운의 그릇이요?"

"내가 보기에 애송이 네 기운은 선천지기랑 후천지기가 차이가 없어. 후천지기가 어떻게 원기와 동등한 질을 가질 수 있는지 이해가 안 가는군. 그 정도면 아마 동급의 내공을 가진 자와 비교해도 자네가 훨씬 우위일 텐데……."

"아, 그건……."

형운은 자기가 일월성신이라서 그렇다고 말하려다가 입을 다물었다. 그 셋을 하나로 모은 힘은 모든 생명이 타고나는 선천지기, 즉 원기와 질적으로 같았던 것이다.

이것은 모든 무인이 꿈꿔 마지않는 상태다. 무인들이 말하는 '기운의 정순함'이 추구하는 궁극이 바로 선천지기였으니까.

'근데 내 내력이 딱히 다른 사람보다 위는 아닌 것 같은

데…….'

형운이 보기에는 이군혁만 해도 그렇다. 이군혁의 내공 수위는 형운과 같은 6심이었지만, 형운은 6심을 완성한 상태인데 비해 그는 그렇지 못했다. 그런데 둘의 차이는 그렇게까지 크지는 않았다.

'걸리는 게 없는 건 아니야.'

일월성신을 이룬 후로 형운은 줄곧 이질감을 느끼고 있었다. 누군가 바라보는 시선에서 감정까지 읽어낸다거나, 혹은 할 수 있다고 생각했는데 실제로는 안 되는 어긋남이 발생한다거나 하는 게 그렇다.

'뭔가 관계가 있는 것 같은데…….'

하지만 정확히 뭔지는 모르겠다. 알 듯 말 듯 가슴속이 간질간질하다.

그때 한서우가 물었다.

"그건 뭐?"

"…아, 죄송하지만 사문의 비밀이라 발설 못 하겠습니다."

"흠, 싱겁기는. 하여튼 말하는 게 어처구니없는 애송이로고. 근데 너 좀 이상한 거 같다."

"아까부터 이상하다고 하셨잖아요?"

"그렇기는 한데, 그거 말고 다른 측면에서 봐도 그렇다고."

"무슨 말씀이신지……."

"설명하기 어려운데… 잘 보니까 넌 이미 몸이 다른 인간하고는 완전히 달라. 전신의 기맥이 전혀 막힘없이 다 뚫려 있고 그래서 전신에 기가 충만하군. 그만큼 두들겨 맞고도 육체가 이만큼 온전한 상태인 것도 그래서겠지. 애송아, 넌 몸이 생각한 대로 움직이지?"

"어… 그, 그런데요."

좀 살펴본 것만으로도 거기까지 알 수 있는 건가? 형운이 고개를 끄덕였다.

한서우가 히죽 웃었다.

"내가 어떻게 그걸 아느냐 하면 내가 너랑 비슷한 몸이기 때문이지."

"엥?"

"뭐 마인인 내가 어떻게 너와 비슷한 상태라고 할 수 있느냐, 하는 생각이 먼저 들 텐데, 마인이라고 해서 딱히 기의 운용 방식이 일반인과 완전히 다른 건 아니거든. 사령인이라면 이야기가 다르지만 난 사령인이 아니고."

한서우가 그렇게 말하며 손을 들었다. 동시에 거기서 어둠이 불길처럼 피어올라서 일렁거린다. 그것을 보는 순간 형운은 소름이 쫙 끼쳤다. 사람의 몸이 그런 걸 품고 있었다는 걸 믿을 수 없을 정도로 농밀한 마기였다.

'단순히 농밀하다는 점만으로 따지면… 그 검은 벼락 같은

기둥 이상.'

형운은 본능적으로 그 사실을 알았다. 한서우가 자기도 모
르게 한 걸음 물러나는 형운을 보며 말했다.

"무인은 누구나 심상 속의 자신과 실체의 자신이 똑같이
움직이도록 신경을 쓴다. 하지만 그건 자기가 생각하는 이상
적인 움직임이 게 아니라 어디까지나 스스로 무엇을 할 수 있
는지, 이상적인 것과 비교할 때 얼마만큼의 결함이 있는지를
파악하고 둘을 일치시켜 나간 결과지."

그것이 자신의 기량을 파악하는 작업이다. 여기에 실전에
서는 상대의 기량도 파악해야 자신이 무엇을 할 수 있는지를
정확히 알 수 있다.

"그래서 동시에 '자기가 할 수 있는 게 무엇인가?' 와는 별
개로 '이렇게 하고 싶다'는 이상을 늘 머릿속에 두고 살지.
근데 넌 그 이상을 그리는 게 애매할 거야. 더 강해지고 싶다,
더 빨라지고 싶다… 그런 생각은 하겠지만 현재의 너는 그냥
딱 이렇게 움직여야겠다고 생각하면 그렇게 움직여. 그렇
지?"

"어, 맞아요."

"그게 가능한 건 체내의 기가 움직이는 방식 때문이야. 넌
다른 사람과 다르고, 나랑 닮았어. 네 몸은 네가 머리로 생각
해서 행동을 결정하고, 심상을 그려내고, 그에 따라서 지시를

내리는 것보다 빠르게 움직인다."

"…네?"

형운이 눈을 휘둥그레 떴다. 이게 무슨 어처구니없는 소리란 말인가? 한서우는 어깨를 으쓱했다.

"손은 눈보다 빠르다. 눈으로 보고, 머리가 그것을 전달받아서 이해하는 것보다 적의 공격이 빠른 경우가 많지? 그런데 몸이 반응해서 막아내는 건 왜지?"

보통 이에 대한 답은 두 가지가 있다. 하나는 감각이 뛰어나서 생각하는 것보다 빠르게 본능적으로 반응하는 것, 또 하나는 셀 수도 없을 정도로 수없이 반복한 동작이라 무심의 영역에서 다른 행동과는 비할 바 없는 속도로 반응하는 것.

"넌 모든 행동이 이 무심의 영역에서 이루어지는 것과 같아. 그런데 왜 그렇게 망설임이 많아?"

형운은 그 말을 이해할 수가 없었다. 한서우의 공격을 막아낼 때는 생각할 틈조차 없이 필사적이었다. 그런데 그는 그것을 두고 망설임이 많았다고 한다.

'뭔가……'

그런데도 그가 무슨 말을 할지 알 듯 말 듯하다. 가슴에 뭐가 얹힌 듯이 답답해졌다.

한서우가 말했다.

"눈이 보고, 마음이 이는 순간 네 육체는 이미 움직임을 시작해. 그런데 왜 거기에 쓸데없는 과정을 끼워 넣지? 네 몸은 이미 보통 인간의 것과 달라. 그런데 보통 인간과 똑같이 쓰려고 하니까 그 모양 그 꼴이지.”

“어…….”

형운은 자기도 모르게 가슴을 붙잡았다. 숨이 턱 막히는 것 같다. 왠지 모르겠지만 한서우의 지적이 자신이 일월성신을 이룬 후로 죽 느낀 이질감의 답이 될 수 있을 것 같았다.

두근. 두근. 두근.

‘알 것 같아…….’

한서우의 말이 묵직하게 내면에 울린다. 내내 머릿속에 남아 있던 의문을 풀 열쇠가 그 속에 있었다.

그때였다.

“뭐야, 재미없게.”

가만히 듣고 있던 유설이 입술을 삐죽이며 툭 한마디 던졌다.

그 말에 형운은 무언가를 잡을 듯 말 듯, 알 듯 말 듯하던 상태에서 깨어났다. 그리고 울상을 지었다.

“알 것 같았는데…….”

조금만 더 있었으면 죽 안고 있던 의문의 해답을 얻을 수 있을 것 같았다. 더 강해졌으면서도 이전에는 없던 족쇄에 묶여 있는 듯 답답했던 상태에서 벗어날 수 있었으리라.

그런데 아주 사소한, 정말로 하찮은 한마디가 다 망쳐 버렸
다.

"이런."

한서우가 혀를 찼다.

방금 전 형운의 상태는 말하자면 평소 자신이 느껴오던 것
을 체화시킬 수 있는 화두를 접했을 때, 깨달음을 얻기 위해
집중하는 바로 그 상태다. 그런데 눈치 없는 유설의 한마디가
귀중한 시간을 깨버렸다.

"…뭐, 때가 아니었나 보군. 하긴 귀혁의 제자에게 마인인
내가 깨달음을 주는 것도 좀 웃긴가?"

"……."

"한순간에 얻는 건 네 길이 아니었나 보구나. 하지만 평생
을 참오하더라도 알아야만 할 거야. 네 사부가 무엇을 이루기
위해 너 같은 괴물을 만들었는지 모르나, 어떤 의미에서 넌 이
미 사부를 뛰어넘고 있는데 그것을 다룰 줄 모르는 것이니."

한서우가 말에 형운은 울 것 같은 얼굴로 깊은 한숨을 내쉬
었다.

6

잠시 침묵이 이어졌다. 어색한 침묵 속에서 유설이 당황하

며 물었다.

"내가 뭐 잘못한 거야?"

"음, 그렇기는 한데 미안해할 필요는 없다. 목숨 구하겠다고 네 거처에 무단으로 쳐들어온 처지니까."

한서우는 그렇게 말하며 유설의 머리를 쓰다듬었다. 그러고는 말했다.

"어쨌든 일단 뭐 좀 먹지. 몸을 회복해야 나가서 상황을 볼테니까."

그 말에 형운이 퍼뜩 정신을 차리고 물었다.

"시간이 얼마나 흘렀지요?"

"대충 하루 가까이 지났지."

"혹시 바깥 상황은 어떻죠?"

일단 주변을 둘러볼 여유가 생기게 되자 형운은 일행들이 걱정되었다. 자신이 기적적으로 살아남은 건 좋지만 다른 사람들은 어찌 되었을까?

'가려 누나는······.'

가장 먼저 떠오른 것은 자신을 보며 비명을 지르던 가려였다. 사실 서하령이나 마곡정은 문제없을 것 같지만 그녀가 그 상황에서 무사히 빠져나갔을지 걱정되었다.

"글쎄다. 유설의 반응을 보면 아직 백야문이 함락되지 않은 것만은 분명하다만, 구체적인 상황은 나도 모르겠다. 나도 일단 내상을 다스리고 너 살리느라 바빴는지라."

한서우는 그렇게 말하며 한쪽으로 손을 뻗었다. 그러자 허공섭물에 의해 그가 맨 처음 모습을 나타날 때 들고 온 것들이 날아들었다.

"…쥐?"

형운이 기겁했다. 무슨 고양이만큼이나 덩치가 큰 회색 털의 쥐들이었다.

"여기 동굴에 먹을 게 그렇게 많진 않아. 이놈들은 그래도 오동통하니 살이 올라서 먹을 만할걸. 나름 이곳의 기운을 받아서 영기가 충만하기도 하고."

한서우는 그렇게 말하고는 손을 들어서 죽은 쥐들의 가죽을 벗기기 시작했다. 칼도 안 꺼내고 맨손으로 슥슥 주변을 다듬으니 목이 깨끗하게 잘려 나가고, 털가죽이 벗겨져 나가는 게 신기하기 그지없었다. 자신의 기운을 칼처럼 날카롭게, 그것도 자유자재로 형태를 바꿔가면서 쓰고 있는 게 아닌가?

"흠."

문득 한서우가 품을 뒤지더니 노란 바탕에 붉은색 글자를 쓴 부적을 꺼냈다. 그것을 바닥에다 던지자 펑 하더니 불길이 일어난다.

형운이 물었다.

"어, 이거 기환술이죠?"

"그래. 내가 술법은 좀 서투르기는 한데 그래도 그럭저럭 쓸 만은 하지?"

한서우는 씩 웃고는 해체한 쥐들을 허공섭물로 조종해서 불에 익혔다. 형운의 표정이 복잡해졌다. 절정의 무공과 기환술을 더해서 쥐구이를 만들고 있다니 이걸 뭐라고 해야 할지 모르겠다.

"일단 먹어둬. 먹고 운기조식해서 몸 상태를 회복해라. 바깥이 걱정되는 마음은 알겠지만 걷기도 힘든 몸으로는 아무것도 못 한다."

"감사합니다."

형운은 그에게서 쥐구이를 받아 들고 뜯기 시작했다. 한서우가 말했다.

"그거 참. 애송이 주제에 한서불침이니 이런 때 당연히 나와야 할 장면이 안 나오는군."

"네? 뭐가요?"

"뜨거운 거 잘 먹는다고."

막 불에 익힌 걸 꼬치도 없이 맨손으로 받고 뜯어 먹는데도 형운은 전혀 뜨거워하는 기색이 없었다. 한서우가 물었다.

"근데 애송아, 너 이거 먹는데 전혀 거부감이 없는 것 같다?"

"워낙 식생활이 박복해서 이 정도야 뭐. 간이 좀 아쉽긴 한데 살이 잘 올라서 나름 맛있네요."

약선으로 단련된 형운에게 빙굴 안에서 살고 있던 영수 친척쯤 되는 쥐고기 정도는 아무런 문제가 되지 않는다. 정말로 맛있게 뜯어 먹는 형운을 보며 한서우가 실소했다.

그런 한서우를 보면서 형운도 놀라고 있었다.

'분명히 마인인데…….'

지금 이 순간에도 그에게서 잔향처럼 풍겨나는 마기를 감지할 수 있다. 그런데 이토록 인간적인 모습으로 자신에게 호의를 보여주는 그를 보니 혼란스러워졌다.

그 시선을 눈치챈 한서우가 물었다.

"왜 그러냐?"

"음. 그게, 이야기는 많이 들었지만 별로 마인 같지 않으셔서요."

"내 이야기도 제법 많이 퍼졌지?"

"어딜 가나 들을 수 있을 정도죠."

"그렇다면 내가 어떤 존재인지도 어느 정도는 알 것 아니냐. 나는 마인이지만 다른 마인들과 다르다."

마인이면서 힘 있는 자들의 횡포에 눈물을 흘리는 자들의 편에 서서 협의를 행한 자, 혼마 한서우.

그렇기에 그는 팔객의 일원으로 이름을 올렸다. 하지만 꾸준히 행한 협행보다도 더 그가 다른 마인들과 다른 존재임을 깊이 각인시킨 것은 한 가지 이유였다.

한서우는 마인을 사냥하는 마인이다.

그는 공공연하게 자신의 목적이 세상의 모든 마인을 사냥해서 없애 버리는 것이라고 말하고 다녔다. 그리고 지금까지 흉명을 떨친 마인들을 수도 없이 척살해 왔다.

한서우가 말했다.

"그러니까 나를 보고 다른 마인들에게 헛된 기대를 품지 마라. 그건 대단히 불쾌한 일이고, 또한 네 목숨을 앗아갈 미망이니까."

단호한 그 말에 형운은 숨을 삼켰다. 언뜻 그가 마인을 얼마나 증오하고 있는지가 그 눈빛에 드러난 것 같았다.

무거운 침묵이 흘렀다. 머뭇거리며 할 말을 찾던 형운이 겨우 다른 화제를 떠올렸다.

"어르신께서는……."

"그냥 선배님이라고 불러라. 내 얼굴로 어르신 소리 듣는 게 어울려 보이냐?"

"음, 선배님께서는 혹시 제 사부님과 어떤 관계이신가요?"

"그건 아까 말한 대로. 몇 번 서로 싸워본 적도 있고, 흑영신교와 광세천교를 상대할 때는 같은 편이 된 적도 있고 그렇지."

"……."

"긴장할 건 없다. 귀혁과 내 사이가 좋다고는 할 수 없으나 새파란 애송이한테 해코지를 할 원한이 있는 것도 아니니까. 서로 싸우는 거야 무인으로 살다 보면 있을 수 있는 일이지."

"음, 그렇군요."

"나도 귀혁도 서로 한 번씩 저승길 앞까지 다녀오긴 했지만, 정말 사소한 일이니까 신경 안 써도 된다."

"······."

신경 쓰라는 거야, 말라는 거야?

형운이 와락 표정을 구기는데 한서우가 말했다.

"귀혁 그 인간은 정말 하늘 아래 무서운 게 없고 자기가 제일 잘났다고 외치고 다니는 재수 없는 인간이었지만, 대단하며 또한 기묘한 자라는 건 인정하지. 그 제자답게 너도 정말 묘한 놈이군. 전혀 닮진 않았지만."

얼마 전에도 들었던 말이다. 형운은 귀혁이 젊은 시절 도대체 어떻게 살았는지 궁금해졌다.

문득 유설이 물었다.

"귀혁이 누구야?"

"넌 한 번도 안 봤나? 그 설산검후가 좋다고 따라가서 만날 칼부림하던 그놈인데."

"아, 전에 한번 둘이 싸울 때 멀리서 봤어. 산봉우리들이 막 날아가고 무너지고 그래서 다들 난리도 아니었는데······."

"······."

형운이 식은땀을 흘렸다. 이들의 말만 들어보면 귀혁과 이 자령이 사랑싸움이라도 한 것 같은데, 뭐? 산봉우리가 날아가 고 무너져?

　유설이 말했다.

　"엄청 무섭던데 그 사람이구나. 근데 사부랑 제자면 비슷 하지 않아? 애랑은 전혀 달랐는데."

　"전혀 다르지. 쓰는 무공은 비슷하기는 한데, 그것도 이 녀 석에게 맞춰서 조금씩 세부를 바꾼 것 같군. 귀혁 그놈이 그 런 재주는 정말 탁월하지."

　"그건 잘 모르겠고, 그냥 다른데⋯⋯."

　유설이 귀를 쫑긋 세우고는 형운의 어깨에 코를 들이대고 킁킁 냄새를 맡는다. 형운은 기겁해서 다른 화제를 꺼냈다.

　"그, 그런데 여긴 어디죠?"

　"그거 한참 전에 물어봤어야 하는 문제라고 생각하지 않냐?"

　"워낙 경황이 없다 보니⋯⋯."

　"여긴 설산의 빙령이 잠들어 있는 곳이지. 여기 유설은 빙 령지킴이 노릇을 하고 있는 영수고."

　"아."

　형운은 유설을 바라보았다. 그리고 쥐고기를 든 채로 쪼그 리고 앉은 그녀를 보자마자 곧바로 시선을 돌렸다.

　유설이 물었다.

"왜?"

"아니… 저기, 그러니까… 다, 다리가…….."

여자애가 헐렁한 외투 하나만 걸친 상태로 쪼그리고 앉아 있으면 어떻게 되겠는가? 실로 민망해서 눈 둘 곳을 찾기 어려웠다.

하지만 유설은 이해 못 하는 기색이었다.

"응?"

"다리 사이가 보여서 그러는 거야, 유설."

"옷 입었는데?"

"보통 여자의 알몸 하면 가슴하고 다리 사이가 보이는 게 문제거든. 뭐, 그보다는 중요도가 낮지만 등짝과 허벅지도 문제가 된다고 할 수 있지."

"뭐가 그래?"

"인간 사회의 관습이라는 게 다 그래."

"그럼 이렇게 않으면 돼?"

유설이 양 무릎을 모으고 정좌했다. 형운은 그제야 그녀를 똑바로 바라보며 고개를 숙일 수 있었다.

"아까는 실례했습니다, 영수님."

워낙 뚜렷하게 인간에게는 달려 있지 않은 것들이 보이니 쉽게 그녀가 영수임을 받아들일 수 있었다. 형운이 사과하자 유설이 말했다.

"유설이라고 불러도 돼."

"그럼 유설 님이라고 하지요."

"응. 근데……."

유설이 타박타박 다가오더니 형운에게 얼굴을 들이대고 빤히 바라보았다. 숨결이 느껴질 정도로 가깝게 다가오는 바람에 형운이 절로 몸을 뒤로 뺐고…….

'으갸갸.'

그 움직임만으로도 몸이 아프다.

비명을 참는 형운의 상태를 눈치챈 한서우가 쓴웃음을 지었다.

"유설, 그 아이는 지금 몸을 이래저래 움직이기 안 좋은 상태니까 좀 거리를 두지?"

"왜? 이제 몸도 가렸는데?"

"원래 저 나이 또래 남자는 여자애가 다가와서 얼굴을 들이대면 당황스러워해."

"인간은 참 복잡하네."

"네가 너무 단순하게 사는 것뿐이지 영수도 그렇게 단순하지만은 않을걸. 너도 빙령지킴이 노릇 다 하고 나가면 이거저거 배워야 할 게 많을 거야."

"음……."

"계속 이런 데서 혼자 뒹굴거리는 것보다야 좀 귀찮아도 어울릴 상대가 많은 게 좋잖아?"

"그렇기는 하지만."

유설은 뾰로통한 기색이었다. 한서우가 물었다.

"그런데 왜 그 애송이를 그렇게 봐? 인간한테 그렇게 관심이 많았나?"

"응? 신기해서."

"신기해?"

"서우, 너보다 더 신기해."

"호오. 어떤 면에서?"

"사람의 몸에 해와 달과 별이 들어 있어."

"응? 설마 일월성단을 말하는 건가?"

"일월성단? 그게 뭔지는 모르겠지만 어쨌든 그 세 기운을 다 가졌어. 해와 같은 사람도 있고 달과 같은 사람도 있고 별과 같은 사람도 있지만, 그 셋을 다 가진 사람은 처음 봐."

"흠."

그 말에 한서우는 새삼스러운 눈으로 형운을 바라보았다.

형운은 당황하고 있었다. 유설이 말하는 바는 분명 일월성신의 본질을 짚고 있었기 때문이다.

별의 수호자는 일월성단의 해와 달과 별을 세계를 이루는 요소들로 이해했다.

해는 양(陽)의 기운이며 스스로 빛을 발해 세계에 온갖 형상의 기본을 만들어내는 존재다.

달은 음(陰)의 기운이며 동시에 해가 쏟아내는 온갖 것들을 투영하며 거기에 음영을 더해 형상을 완성하는 존재다.

그리고 별은 세상이 내포한 무수한 가능성이다. 그것은 생명이며 동시에 무엇이든 될 수 있는 빛이다. 그렇기에 일월성단 중에서 가장 위험도가 적고 무엇과도 융화될 수 있는 가능성이 있는 것이다.

즉, 이 셋을 한 몸에 담아 융화시킨 일월성신은 그 자체로 세상의 본질에 다가간 그릇이었다.

한서우가 고개를 갸웃했다.

"무슨 말인지 잘 모르겠다."

"나도 잘 모르겠어."

"……."

"그치만 그냥 그렇게 보이는걸? 되게 특이해. 빙령은 빙백지신(氷白之身)이 아니면 반응하지 않는데 계속 반응하고 있어."

"빙령이 반응하고 있다고?"

한서우가 놀랐다. 유설이 고개를 끄덕였다.

"응. 그래서 설당정(雪糖精)도 줬는걸?"

"그거 백야문도들 중에서도 빙백지신으로 인정받은 제자들한테만 주는 영약이잖아?"

"근데 빙령이 쟤 주라고 만들었어."

"…너 도대체 뭐 하는 녀석이냐?"

한서우가 혀를 내두르며 물었다.

하지만 형운은 어리둥절할 뿐이다. 그들이 무슨 말을 하는지 전혀 알 수가 없으니 그럴 수밖에.

"죄송한데 지금 무슨 말씀을 하시는지 전혀 모르겠는데요."

"음, 하긴 하나도 알려준 게 없긴 하군. 일단 빙령이 뭔지도 모르지?"

"네."

"빙령은 이 설산의 기운이 집약된 존재야."

비정상적으로 거대한 힘이 집약된 곳에서는 상식을 초월한 존재가 나타나게 마련이다.

강한 기운이 모여 있는 영약이 그렇고, 특별한 체질의 소유자들이 그러하며, 영수들도 마찬가지다. 혹은 강한 기운과 의념이 고인 곳에서는 아무것도 아니었던 존재가 요괴로 변하기도 한다.

북방 설산은 인간이 역사를 기록하기도 전부터 존재해 왔다. 그리고 지역의 특성상 한기가 거대한 군집을 이루고 있었다. 이곳에서 한기에 관련된 수많은 영수와 마수, 요괴가 발생하는 것은 필연이었다.

그중에는 보다 근원에 가까운 존재도 있었다.

빙령은 설산에 흐르는 한기의 심(芯)이라고 할 수 있는 존재다. 가장 농밀하게 한기가 고인 곳에서, 설산을 살아가는 자들의 의념이 모여 탄생했기에 인간은 상상도 못 할 어마어마한 기운의 집약체다.

백야문은 500년 전, 초대 문주가 빙령과 인연을 맺고 세운 문파였다. 그들은 빙백지신을 이룰 힘을 대가로 받고 빙령을 수호하는 계약을 맺었다.

"즉 빙령은 인간 중에서는 백야문도가 아니면 볼 일이 없다고 봐도 되는 존재란 말이지. 그리고 설당정은 네 옆에 있는 그릇에 담긴 그거야."

그 말에 형운이 고개를 돌려서 옆을 보았다.

처음에 발견해서 맛을 본 바로 그 푸른 액체였다. 형운은 한서우의 손을 쳐 내면서 물러나는 그 순간에도 그 그릇을 쥐고 있다가 옆에 깨지지 않게 내려놓았던 것이다.

한서우가 말했다.

"빙령이 만들어내는 영약이야. 원래는 백야문의 무공을 익혀서 빙백지신을 이룬 이들에게만 주어지는 것이지."

"영약이라고요? 이게?"

"그것도 아주 보기 드문. 자연산 영약 중에서는 최고 등급일 거야. 별의 수호자에도 그만한 효과를 가진 영약이 별로 없을걸?"

"어······."

형운은 놀라서 조심조심 그릇을 주워 들었다. 유설이 말했다.

"몸에 좋은 거야."

"하지만 극음(極陰)의 기운이 담겨 있어서 오히려 해가 될 수도 있는데··· 하긴, 저런 몸이면 극음이든 극양이든 별로 상관없겠군? 일단 마셔봐. 몸 상태가 호전될 테니."

"음······."

형운은 잠시 주저했지만, 이내 한서우와 유설에 대한 불신을 떨쳐 버렸다. 그리고 설당정이라는 영약을 조금씩 마셔보았다.

'맛있다아······.'

실로 황홀한 맛이다. 입안이 얼얼해질 정도로 차갑기는 한데 그보다 적절하게 혀에 감겨드는 단맛이 너무 좋았다. 형운은 그 안에 담긴, 몸을 내부부터 얼려 버릴 듯한 음기보다도 단맛이 주는 감동에 취했다.

우우우우······.

그리고 설당정을 다 마시고 눈을 감은 채 그 맛을 음미하던 형운에게서 변화가 일어났다.

한서우가 놀라서 말했다.

"정말로 빙령하고 감응하는 건가?"

형운의 몸이 희미한 빛을 발한다. 그리고 연못 안쪽에서 흘러나오던 빛이 줄기를 뻗어서 그와 이어졌다.

눈을 감은 채로 형운이 자기도 모르게 앞으로 걷기 시작한다. 그 앞에서 표면에 살얼음이 끼었던 연못이 좌우로 갈라지면서 하얀빛을 발하는, 수정 같은 얼음덩어리가 떠올랐다.

그것이 바로 빙령이라 불리는 존재였다.

"빙령이 직접 모습을 드러내다니… 오호."

한서우가 유설과 알게 된 것은 젊은 시절의 일이니 벌써 수십 년이 지났다. 하지만 그동안 빙령을 직접 본 경험은 손에 꼽을 정도로 적었다. 그런데 백야문도도 아니고, 설산의 영수도 아닌 녀석이 빙령과 감응해서 그 실체를 불러내다니?

그리고 형운의 의식이 빙령이 발하는 빛 속으로 빨려 들어갔다. 인간과는 다른 방식으로 사고하고 존재하는 빙령과 심령이 연결된 순간, 형운은 속으로 무릎을 탁 쳤다.

'아, 그렇구나.'

무엇이 문제였는지, 지금까지 뭘 잘못하고 있었는지… 한서우가 가르쳐 주려고 했던 모든 답이 거기에서 형운을 기다리고 있었다.

제25장
극마지체(極魔肢體)

성운을
먹는자

1

늘 고고한 모습을 지켜오던 설산은 불길한 암운에 휩싸여
있었다.

비유가 아니다. 실제로 설산 곳곳에서 믿을 수 없을 정도로
농밀한 마기(魔氣)가 일어나서 주변을 잠식해 갔다. 그로부터
수많은 환마들이 나타나고, 마수들이 거기에 호응하면서 설
산에서 살아가던 존재들을 위협했다.

백야문은 사흘째 수비를 계속하고 있었다.

"과연 끈질기군."

흑영신교주는 전장에서 산 하나를 사이에 둔 곳에서 상황

을 지켜보고 있었다. 커다란 황동 그릇을 두고 거기에 물을 채우니 그것이 산 너머의 상황을 비춰주는 신기한 수경(水鏡)이 되었다.

옆에 있던 흑서령이 물었다.

"앞으로 한 시진(2시간) 후면 준비가 끝날 것 같습니다."

"오늘 밤에 끝내야 한다. 알고 있겠지?"

"예, 이 목숨을 바쳐서라도……."

"그건 되었다. 너희들의 목숨은 귀하다. 잃은 것은 시련으로 쳐낸 가지들만으로 족하느니라. 설령 실패하더라도 네 목숨을 소중히 하라."

흑영신교주가 고개를 저었다. 사람만큼 키우기 어려운 것이 없다. 위대한 흑영신의 뜻을 따르며 목숨을 바칠 수 있는 믿음을 가진 자, 그런 자들 중에서도 뛰어난 기량을 가진 자는 귀중했다.

"혼마의 흔적을 찾지 못한 게 걸리지만… 흠, 역시 그대로 죽진 않았겠지."

"죄송합니다. 속하들이 무능하여……."

"되었다. 혼마는 신녀의 예지조차도 피하는 자이지 않느냐? 비록 우리와 다른 길을 걷는 자라 하나 사람이 쌓은 천년의 업을 한 몸에 담은 그를 얕보아서는 안 된다."

혼마 한서우는 오랫동안 흑영신교에게 눈엣가시였다. 그

들의 전략 수립 기반이 되는 신녀의 예지가 그를 상대로는 잘 통용되지 않기 때문이다.

멸망해 버린 혼원교는, 한데 묶어서 3대 마교로 불리기는 했지만 흑영신교나 광세천교와는 이질적인 성격의 집단이었다.

흑영신교와 광세천교는 서로를 원수처럼 적대하지만, 그럼에도 한 가지 공통점을 가진다. 바로 이 세상이 잘못되었으며 초월적인 존재가 올바른 믿음을 갖고 노력하는 자를 구원한다는 세계관을 가졌다는 점이다. 이 점 때문에 세간에서는 그들을 초월적인 마(魔)를 섬기는 존재라고 일컫는다.

그에 비해 혼원교는 초월적인 존재를 섬기지 않았다.

그들 역시 이 세상이 잘못되어 있다고 여기는 것은 다른 두 마교와 같다. 하지만 그들은 하늘의 뜻이 세상을 제대로 살피지 못하니 사람의 힘을 모아 부조리한 천리를 타파하고 올바른 세상을 만들겠다는 교리를 갖고 있었다.

하지만 '사람의 힘'을 모아 천리를 타파할 수 있는 무언가를 만들어내는 과정에서 그들은 파멸을 불렀다. 그리고 그 파멸 속에서 혼마 한서우라는 괴물이 태어났다.

교주가 미소 지었다.

"후후, 내가 완성된다면, 사람의 힘으로 쌓아 올린 마(魔)가 얼마나 대단한지 몸소 맛볼 것이나 지금은 때가 아니겠지."

흑영신교는 빙령을 손에 넣기 위해 철두철미하게 준비했다. 20년간 비축해 온 힘의 상당수를 여기에 투입, 수천의 목숨을 제물로 바쳐서 설산을 환마들이 넘치는 마경(魔境)으로 만들었다.

하지만 그 이적에는 시간제한이 있었다. 원래 6일간 지속되어야 하는데 혼마 한서우가 이 마경을 이루는 세 개의 '기둥' 중 하나를 파괴하는 바람에 사흘로 줄어버렸다.

기환진이란 아무리 거대해도 섬세하게 마련인지라 '기둥'이 3개에서 2개로 줄면 효과가 딱 3분의 2로 떨어지는 게 아니다. 시간제한이 촉박해진 것은 물론이고 마경 안에 흐르는 마기의 농도도 옅어지는 바람에, 원래 계획대로였다면 어제 한 번, 그리고 마지막 전날에 한 번 쓸 수 있었던 승부수가 오늘 한 번 투입하는 걸로 끝나 버리게 되었다.

교주가 말했다.

"자, 그럼 가보자꾸나."

드드드드드……!

그 말과 함께 그의 발밑이 서서히 일어났다.

눈 속에 파묻혀 있던 거대한 짐승이 몸을 일으킨 것이다. 늑대를 닮았으나 훨씬 흉악한 악귀의 얼굴을 가진, 짙은 검회색에 붉게 타오르는 털을 가진 거대한 마수가 등에 교주의 몸을 태우고 있었다.

"오늘 별이 떨어질 것이다."

설산의 바람에 흩어지는 교주의 말과 함께, 흑영신교의 최정예가 백야문으로 질주했다.

2

가신우는 자기 인생 중에 최악의 날을 꼽으라면 주저 없이 어떤 하루를 짚는다. 바로 황제의 어전에서 천유하와 형운에게 연달아 깨진 그날이었다.

그날의 일이 마음가짐을 새롭게 하고 무공에 정진할 수 있는 계기가 되어준 것은 사실이다. 하지만 사나이가 오만이 깨지고 치욕을 당한 날을 어찌 좋은 날로 기억하겠는가?

태극문의 심오한 무공에 푹 빠져 살면서도 가신우는 언젠가 그날의 굴욕을 갚아주고야 말겠다고 천유하와 형운에게 이를 갈고 있었다.

"젠장! 이게 뭐냐고! 제기랄!"

그가 신경질적으로 검을 휘둘렀다. 하지만 그 검세는 전혀 감정에 휘둘리지 않는다. 버럭버럭 화를 내고 짜증을 내면서도 장중한 검세로 적들을 쓰러뜨려 간다.

놀라운 무위였다. 심지어 더 놀라운 것은 그가 사흘간 치열하게 거듭된 실전 속에서 급속도로 발전하고 있다는 것이다.

주변에서 고수들의 무공이 펼쳐질 때마다, 그리고 사제들이 다수를 상대로 새로운 대처법을 선보일 때마다 그것을 한순간에 흡수해서 자신의 것으로 만든다.

분명 첫날에 그는 내공의 부족함으로 인해서 고전했다. 장기간 싸우다 보면 금세 힘이 부쳤고 언어를 구사할 수 있을 정도로 지능이 높은 환마를 상대할 때는 파괴력 부족으로 난처함을 겪었다.

파앗!

그런데 지금은 그때의 일이 벌써 몇 년 전의 일이 아닌가 의심될 정도다. 그와 대치하고 있던 환마가 단 한 합으로 목이 날아갔다. 분명 언어를 구사하는 놈이었거늘, 단 일격에 가장 연약한 부분을 파악하고 거기에 필살의 검을 찔러 넣는다. 그리고 등 뒤로 돌아가면서 또 한 번의 일격!

파학!

목을 자르고, 환마의 심장에 해당하는 핵(核)을 간파해서 찔러 버린다.

거의 힘의 낭비 없이 단 두 수만으로 승리하는 모습을 보고 있노라면 사흘 전의 고전이 거짓말 같았다. 하지만…….

'내가 굴욕을 갚아주려고 했는데! 근데 왜 이런 것들한테 당한 거야! 멍청한 자식!'

화가 난다. 너무 화가 나서 격렬한 전투 중에도 잡념을 떨칠 수가 없었다.

형운이 죽었다.

그 소식이 백야문에 전해진 것은 이틀 전의 일이다. 형운을 잃은 뒤, 서하령과 마곡정, 그리고 진예와 가려는 두 청안설표와 함께 결사의 의지로 적들을 뚫고 백야문에 도달했다. 다행히 흑영신교가 준비한 '기둥' 중 하나가 파괴되면서 그들의 포위망에 혼란이 발생했기에 무사히 합류할 수 있었다.

하지만 그들이 전한 소식은 충격적이었다. 별의 수호자 일행은 자기들이 최우선적으로 지켜야 할 형운이 죽었다는 사실에 모두 망연자실했다.

닥치는 대로 적들을 학살하고, 숨이 조금이라도 거칠어지면 빠지기를 반복하던 가신우에게 기영준의 전음이 들려왔다.

―너무 깊이 들어갔다. 돌아오거라, 신우야.

'윽, 너무 흥분했군.'

울화가 끓어올라서 보이는 적들을 모조리 쓰러뜨리다 보니 그 감각에 취해 있었다. 상황이 완벽하게 자신의 뜻대로 통제될 때의 쾌감. 마치 적들이 자신의 꼭두각시라도 되는 양 의도한 순간에 의도한 지점으로 와서 필살의 일격을 맞아주는 그 감각은 무인에게는 황홀하기까지 한 것이다.

퍼뜩 정신을 차리고 물러나려던 가신우의 눈에 그냥 지나

칠 수 없는 광경이 눈에 들어왔다. 별의 수호자 소속이라는 여성이 위험에 빠져 있었다. 앞쪽에서 달려드는 환마의 공격을 피하고, 옆에서 덮쳐드는 환마의 검을 막는 그녀의 뒤쪽에서 은신한 흑영신교도가 뛰어들고 있었다.

"젠장! 넋 놓고 있지……!"

가신우의 몸이 급가속해서 그 사이로 끼어들었다.

"…마!"

파하하학!

가신우의 검이 그려내는 현란한 궤적을 따라서 피 보라가 일었다.

뛰어드는 순간, 일격으로 그녀를 공격하는 두 환마 베고 지나가면서 이어지는 공격으로 은신한 흑영신교도를 베었다. 그 공격이 너무나도 절묘한 순간에 절묘한 지점을 짚어서 셋다 미처 방어하지도 못하고 쓰러졌다.

"…감사합니다."

안색이 창백해진 그녀가 인사했다. 복면으로 얼굴을 가린 그녀는 바로 가려였다.

'분명 그 녀석의…….'

가신우는 가려와 통성명을 한 적은 없지만 그녀가 형운의 뒤를 따라다니는 것을 본 기억이 있었다. 형운의 부고를 전한 후에는 죽은 사람 같은 얼굴로, 자기 몸을 돌보지 않고 싸우는 게 신경 쓰였던 참이다.

"체력이 달리는 것 같으면 바로바로 물러나라고요. 가뜩이나 전력이 아쉬운데 뭐 하는 짓이야. 하나 더 죽이고 댁이 죽는 것보다 하나 덜 죽이고 댁이 사는 게 당신들한테도 도움되는 일이에요."

"네."

가신우는 자기가 말해놓고도 또 너무 심했나 싶었지만 대답하는 가려는 전혀 감정을 보이지 않았다. 마치 마음이 죽어버린 사람처럼.

그 모습을 보니 왠지 짜증이 난다. 수련하면서 수도 없이 설욕의 순간을 상상했던 형운의 얼굴이 떠오르면서 울컥했다.

'이런 사람을 두고 죽다니 뭐 하는 짓이야! 젠장! 죽을 거면 나한테 깨지고 나서 죽었어야 할 거 아냐!'

가신우는 울화통이 터져서 몸을 돌렸다.

그가 태극문도들에게 돌아간 후, 서하령이 가려에게 다가왔다.

"일단 빠져서 내력을 회복하세요."

"…아직 괜찮습니다."

"제가 보기에는 아니에요. 당신의 전력은 귀중하니 몸을 함부로 해서는 안 됩니다. 명령이에요."

"……."

가려는 어쩔 수 없이 그 명령에 따랐다.

그녀가 자신을 지나쳐 가자 차가운 표정을 짓고 있던 서하령의 표정이 복잡해졌다.

'마음이 부서졌어. 죽을 자리를 찾는 사람처럼…….'

백야문에 합류한 후, 가려는 정말 스스로를 돌보지 않고 싸웠다. 마치 스스로 형벌을 청하다 죽고 싶어 하는 것처럼.

'형운. 바보 같으니.'

서하령이 눈을 감았다.

형운이 죽은 뒤 가려는 망연자실했다. 한창 전투 중인데도 아예 손을 놓고 주저앉아서 죽음을 기다리고 있었다.

그녀는 석준이 거둔 후로 철저하게 영성 호위대로 교육받으며 자랐다. 누군가를 호위하는 임무를 맡는다면 목숨을 던져서라도 해내야 함을 당연하게 여기고 있었다.

형운과 함께하면서 그 마음은 더 강해졌다. 그를 대하는 일은 때때로 난처하기는 했지만 스스로도 놀라울 정도로 즐거웠다. 그저 영성 호위대로서 주입받은 임무를 행하는 것이 아니라 진심으로 그를 대하게 되었다.

'공자님은 제가 지킬 겁니다.'

하지만 그러지 못했다. 자기가 목숨을 던져서라도 지켜야 할 사람이, 자기를 구하고 목숨을 잃었다.

그 자책이 가려의 정신을 무너뜨렸다.

서하령은 두 사람의 관계를 정확히 알지는 못했다. 하지만 가려의 눈이 죽어버렸다는 것만은 쉽게 알아차렸다.

문득 그녀의 표정이 차가워졌다.

'죽은 사람은 죽은 사람.'

그녀에게 형운의 죽음을 대수롭게 넘길 수 있냐고 묻는다면 절대로 아니라고 대답할 것이다. 그 사실을 알았을 때 그녀도 한순간 충격으로 사고가 정지되어 버렸다.

'넌 내가 되지 못한 귀혁 아저씨의 제자잖아. 그런데 어째서 이런 곳에서 죽었어?'

서하령은 왈칵 눈물을 쏟을 뻔한 것을 참았다.

지금은 거기에 매달리고 있어서는 안 된다. 그 사실을 자각했기에 서하령은 필사적으로 마음을 다잡고 일행을 이끌었다.

상념에 빠져 있던 그녀의 귓가에 마곡정의 목소리가 들려왔다.

"누나, 왠지 적들이 빠지고 있는데?"

"응, 우리도 일단 백야문도들에게 맡기고 빠져서 재정비를 하는 게 좋겠지."

그렇게 말하던 서하령은 문득 마곡정을 바라보았다.

"…넌 정말 아무렇지도 않은 것 같네."

일행 중에 마곡정만은 형운의 죽음이 주는 충격에서 금세 벗어났다. 처음에는 그도 가신우처럼 길길이 날뛰며 화를 냈지만 백야문에 도달해서 하룻밤 전투를 겪고 나자 거짓말처럼 진정되었다.

성격이 단순해서 그런 걸까? 눈앞의 일에 집중하면 아무것도 보이지 않아서?

아니다. 아무리 오랜만에 만났다지만 서하령이 아는 마곡정은 그런 사람이 아니었다.

마곡정이 말했다.

"글쎄. 왠지 한숨 자고 일어났더니 마음이 차분해지더라고."

"……."

"나도 이유는 모르겠어. 하지만 일단은 여기서 살아 나가는 것부터 생각하자, 누나."

"…그래."

서하령이 작게 대답했을 때였다.

"천명을 받은 별들이 한자리에 모였구나."

허공에서 교주의 목소리가 울려 퍼졌다. 사람들이 반사적으로 내공을 끌어 올려 강대한 힘이 실린 소리로부터 스스로를 보호했다.

후우우우우…….

동시에 주변이 급변했다.

3

하늘을 날면서 지상을 굽어보던 이자령이 눈살을 찌푸렸
다.

"무슨 수작을 부리려는 거지?"

주변에 흐르는 마기가 급속도로 농밀해진다. 다른 사람은
몰랐지만 높은 곳에서 전체를 보는 이자령은 방대한 지역에
걸쳐 있던 마기가 백야문으로 전부 몰려들면서 일어나는 현
상임을 알아차렸다.

동시에 그 속에서 검은 번개 같은 기둥이 치솟았다.

'이 시점에서 또 하나가?'

놀랐던 이자령은, 그 기둥의 실체를 보고는 경악하고 말았
다.

"애송이 교주가 몸소 행차하셨군."

"곧 얼굴을 보게 될 거라 하지 않았는가? 검후여."

기환술을 통하지 않은 교주의 목소리가 울려 퍼졌다. 엄청
난 마기가 응집되어 있는 검은 번개 같은 기둥의 중심이 바로

그였다.

"그대들의 힘은 잘 보았느니라."

교주가 손을 들어 백야문의 결계를 가리켰다. 백야문 전체를 에워싸고 있는 그 결계는, 백야문 지하에 있는 빙령으로부터 힘을 공급받아서 엄청나게 강력했다. 사흘간 계속된 이 농밀한 마기가 그 안을 전혀 침범하지 못했을 정도로.

"하지만 모르겠군."

"무엇을 말이냐?"

"나의 반려가 말하길, 이곳에서 사람의 손으로 쌓아 올린 업이 내 앞을 가로막을 거라 하였다. 분명 그런 존재가 하나 나타나기는 했지만 지금 이곳에는 보이지 않는구나."

교주는 그 존재가 바로 혼마 한서우이리라 예상했다. 그런데 때가 되어 승부수를 동원하는 이 순간에도 보이지 않는다.

이자령이 코웃음을 쳤다.

"어린것의 말 하나하나가 삿되지 않은 것이 없구나."

동시에 그녀가 검을 휘둘렀다. 공간을 격하고, 어떠한 시간 차도 없이 적을 베어버리는 심검이 전개되었다.

"소용없느니라."

그러나 심검이 교주에게 통용되지 않고 무위로 돌아간다. 이자령이 혀를 찼다.

"애송이가 술법은 달인의 경지로군. 무공보다는 그쪽에 힘을 쏟았느냐?"

교주에게 집결한 무지막지한 마기 때문이다. 현세와 마계의 경계가 흐트러지면서 공간의 개념이 모호해진다. 그리고 그 틈을 타고 아득히 먼 곳, 천기를 다투는 초월자들의 영역으로부터 흑영신의 의지가 지상에 임하고 있었다. 흑영신의 화신인 교주를 흑영신의 힘이 가호하니, 스스로의 심상을 현세에 그려내는 심검조차도 위력이 죽어버린다.

교주가 사흘을 기다린 이유가 이것이었다. 기환진 내에 충분한 마기가 가득 차고, 현세와 마계의 경계가 엉망진창으로 흐트러진 지금이기에 이런 수를 쓸 수 있었다.

교주가 말했다.

"하하하. 교주로서 익힐 것이 많았지만 무공 연마도 소홀히 하지 않았느니라. 물론 아직 이 몸이 연옥의 주민으로서 살아온 세월이 적기에 그대와 대적할 수준은 되지 못함을 겸허히 인정하지."

"불면 날아갈 것 같은 애송이가 내 앞에서 겸양을 떠는 꼴이 오만하구나."

"후후. 그대에게는 그런 말을 할 자격이 있다. 그런데… 그대는 궁금하지 않았는가?"

"뭐가 말이냐?"

"내가 왜 이때를 골랐는지."

"……."

이자령이 교주를 노려보았다. 계속 마음에 걸리던 부분이 기는 하다. 도대체 왜 하필 또 다른 팔객 기영준까지 손님으로 오는 이때를 고른 것일까?

교주가 말했다.

"그건 이때가 우리에게 있어 최적의 승기였기 때문이니라."

"뭐라고?"

그때였다.

"크악!"

"아아악!"

백야문 내에서 비명이 울려 퍼졌다. 이자령이 놀라서 비명이 들려온 곳을 바라보았다.

"네, 네가 어떻게 이런 짓을……!"

"사형! 무슨 짓을 하는 겁니까!"

"미쳤군! 사매!"

곳곳에서 비명과 경악성이 울려 퍼졌다. 그것은 바로 백야문의 손님으로 와 있는 일행들이 내는 소리였다.

이자령의 뇌리에 벼락이 쳤다.

'첩자!'

흑영신교도들은 금지된 믿음을 가진 자들이며, 세상 어디에나 있다. 노골적으로 마공을 비롯한 사악한 비술을 익힌 전투요원들뿐만 아니라 곳곳에 평범한 사람으로 살아가는 교도들이 있는 것이다.

마교의 무리들이 세상에 사악한 모습으로 맹위를 떨치기에 사람들은 종종 그 사실을 잊고 만다. 그리고 광신도는 자기가 믿는 신을 위해서라면 무엇이든 할 수 있었다.

심지어 자신의 속내를 감추고 몇 년 동안이나, 때로는 10년 이상의 시간 동안 명문정파라 불리는 곳에 잠입해서 때를 기다릴 수도 있는 것이다!

이자령이 분노했다.

"이 사특한 것들!"

"연옥의 주민들이여. 올바른 믿음을 가진 우리에게 죽는 것을 기꺼워하라. 우리가 쌓은 선업이 그대들의 죄를 조금이나마 덜어줄 것이니."

"용서 못 한다! 모두 이 설산에 뼈를 묻거라!"

교주가 빙긋 웃으며 던진, 흑영신교의 교리에 충실한 대답에 이자령이 격노했다. 그녀의 감정에 호응하듯 상공의 기상이 급변, 광풍이 휘몰아치면서 눈보라로 화한다.

휘이이이이이!

칼날 같은 바람 속에서 얼음의 검들이 춤을 추었다. 그녀가 거느리고 있던 백 자루의 얼음 검들이 군무를 추는 가운데 주변의 수분이 응결되어 새로운 검들로 화하면서 무수히 많은 얼음 검의 소나기가 지상을 폭격했다.

콰콰콰콰콰!

곳곳에서 한기가 폭발하며 얼음 기둥이 치솟는다. 그걸로 끝이 아니었다. 치솟은 얼음 기둥이 마치 나무처럼 가지를 뻗더니 다른 얼음 기둥과 얽혀서 더욱 커져 간다. 순식간에 얼음으로 이루어진 장대한 숲이 흑영신교의 포진을 뒤덮어갔다.

"허어!"

교주가 경탄했다. 강호에 알려진 바로는 설산검후 이자령은 인간의 한계라고 일컬어지는 9심의 내공 수위를 가진 존재다. 그 자체만으로도 무신이라 불릴 만한 무위인데 심지어 그녀가 익힌 백야문의 무공 빙백설야검(氷魄雪夜劍)은 설산에서는 그야말로 인간을 넘어선 신위를 발휘할 수 있다고 한다.

지금 이 순간, 400장(약 1.2킬로미터)에 달하는 범위가 얼음의 숲으로 뒤덮였다. 그리고…….

"빙백무흔(氷白無痕)."

사형선고처럼 읊조려지는 한마디와 함께, 얼음의 숲이 폭발했다.

콰콰콰콰콰콰콰!

한기의 폭풍이 활화산처럼 폭발한다. 그것은 국지적으로

는 자연의 분노조차 뛰어넘는 빙설의 지옥을 형성했다. 마치 눈보라와 눈사태를 합쳐 놓은 것 같은, 살아 있는 존재가 더 이상 숨 쉬며 존재하는 것을 허락지 않는 재해였다.

"정녕 놀랍도다!"

그러나 놀랍게도 그 속에서 교주의 목소리가 울려 퍼졌다.

동시에 폭발하는 한기를 뚫고 어둠이 쏟아져 나왔다.

"이런……!"

이자령이 경악했다. 격노해서 내공 소모를 신경 쓰지 않고 펼친 빙백만검겁령진(氷白萬劍劫靈陣)은 백야문에서도 오로지 그녀만이 완벽하게 펼칠 수 있는 최고의 절기다. 다수를 쓸어버리는 데 있어서는 신의 진노라고 해도 과언이 아닌 위력을 발휘하거늘, 교주에게 모인 마기는 그것조차 와해시킬 정도란 말인가?

"검후! 조심하십시오!"

놀란 그녀의 귓가에 기영준이 내지르는 경호성이 들려왔다. 그녀는 섬뜩함을 느끼며 반응했다.

쾅!

폭음이 울리며 그녀의 몸이 튕겨 나갔다. 그리고 그녀가 밟고 서 있던 얼음의 검을 밟고, 사뿐하게 몸을 날리는 존재가 있었다.

"팔대호법!"

"흑운령이라 하오! 이렇게 검을 나누게 되어 영광이구려, 검후여!"

유쾌한 목소리로 외친 것은 시체처럼 창백한 얼굴을 가진 중년 사내였다. 긴 검은 머리칼을 휘날리는 그는 전신에서 무지막지한 마기를 흩뿌리고 있었다.

그걸로 끝이 아니다. 허공에서 자세를 바로잡는 이자령의 머리 위에서 살기가 엄습해 왔다.

투학!

격돌한 이자령이 지상으로 튕겨 나갔다. 반대로 허공으로 치솟았던 상대는 허공을 박차고 반전, 가속하면서 이자령을 향해 기공파를 난사했다.

파파파파파파!

"빙백검을 다시 만들 기회는 주지 않는다!"

그렇게 외친 것은 이자령에게 굴욕을 당했던 흑서령이었다. 팔대호법 중 두 명이 이자령과 공중전으로 싸우기 위해 날아오른 것이다.

이자령의 신위는 얼음으로 이루어진 빙백검을 무수히 형성해서 제어하는 무공 빙설백검이 전개되었을 때 극대화된다. 격노로 이성을 잃은 이자령이 거느리고 있던 빙설백검을, 막대한 내력과 함께 소모해 버린 지금이 팔대호법이 찌를 수 있는 틈이었다.

하지만 그걸 감안해도 두 팔대호법의 힘이 괴이할 정도로 증가했다.

'사흘 전과는 비교도 할 수 없군! 교주의 축복인가?'

이자령은 과거 흑영신교를 상대할 때 비슷한 경우를 겪은 바 있었다. 팔대호법은 흑영신에게 선택받은 자들, 초월적인 마에게 심령을 연결하는 것을 허락받은 어둠의 사도들이다. 그들은 특정한 조건을 만족하면 일순간 흑영신으로부터 힘을 받아 전력이 급상승한다.

지금 이 순간, 흑서령이 보이는 무위는 이자령이 사흘 전에 가늠한 것과는 격이 달랐다. 기술적인 수준이야 똑같지만 힘과 속도, 그리고 내공이 엄청나게 강해졌다.

흑운령이 구름 같은 어둠, 흑운기(黑雲氣)를 휘감고 허공을 자유자재로 날았다. 그리고 그가 때때로 주변에 뿜어내는 흑운기의 파편들을 흑서령이 밟고 자유자재로 방향을 바꾸면서 맹공을 펼쳤다.

이자령은 정신없이 그들과 공중전을 펼치기 시작했다.

4

지상의 상황은 최악이었다. 이자령이 일으킨 어마어마한 사태를 돌파한 흑영신교의 정예들이 거침없이 결계 안으로 뛰어들어 왔다.

그들을 맞이해야 할 아군은 내부의 배신자들로 인해서 대혼란에 빠졌다. 강한 무인들이 믿고 있던 이들에게 뒤를 찔려 어이없이 죽고, 그것은 심지어 태극문조차도 예외가 아니었다.

"음……!"

기영준이 침음했다.

그는 사형제 둘을 죽이고 자신을 급습하려던 제자 하나를 손수 베어버렸다. 동시에 슬픔과 자책감이 가슴을 무겁게 짓눌렀다.

'그동안의 수양이 헛되구나.'

바로 전까지만 해도 함께 웃고 떠들면서 등을 맡고 싸웠다. 그러던 이가 갑자기 돌변해서 사형제들을 급습하다니, 믿을 수 없는 일이다.

하지만 그렇다고 해도 기영준이라면 피해를 최소한으로 막을 수 있었다. 그런데 충격으로 넋을 놓고 있는 동안 두 명의 젊은 문도가 죽고, 사형의 제자 한 명이 중상을 입어버렸다.

"사부님!"

다들 충격에 빠져 있는 가운데, 가신우가 기영준을 불렀다. 가장 먼저 주변을 볼 여유를 얻은 그의 목소리에 기영준은 거의 반사적으로 반응했다.

꽈과과광!

붉은 기공파가 벼락처럼 작렬했다.

흩어지는 눈과 흙을 보면서, 급습을 가한 자가 혀를 찼다.

"역시 팔객. 호락호락하지 않군."

완전히 넋이 빠져 있는 틈을 노려서 기습했다. 기영준을 해치울 수 있으리라고는 기대하지 않았지만 그래도 단 한 명의 태극문도도 다치지 않을 줄이야.

후우우우우우!

"사특한 자들아."

깊은 분노가 느껴지는 목소리로 기영준이 적들을 노려보았다. 그에게서 흘러나오는 선기(仙氣)가 적의 기공파를 막아내고, 나아가서 주변의 마기를 남김없이 정화시킨다.

"사람의 마음을 어디까지 유린해야 속이 풀리겠느냐!"

기영준은 오랜만에 머리끝까지 분노하고 있었다. 수양이 깊은 그는 어떤 일 앞에서도 감정을 자제 못 하고 표출하는 일이 드물었다. 하지만 흑영신교가 사람의 목숨을 도구로 써서 행한 짓은 그를 격노케 만들었다.

"연옥을 살아가는 모든 자들에게 구원의 빛을 제시할 때까지다."

그렇게 말한 것은 눈동자가 은은한 핏빛을 발하는 남자였다. 가면을 쓴 듯 무표정하고 험상궂은 얼굴에 9척(약 2미터 70센티)을 넘는 바위 같은 근육질의 거구는 거인족의 피를 이었음을 알려주었다. 그 거구에 맞게 길이가 1장 2척(약 3미터 60센티)를 넘고 대까지 모두 금속으로 만든 거대한 언월도를 든 그가 스스로를 소개했다.

"나는 암서령(暗誓靈). 명성이 자자한 선검을 상대하게 되어 영광이로군."

"또 하나는… 암운령이겠군. 영성에게 죽었다고 들었는데 그새 자리를 채운 건가."

"후훗. 역시 눈치가 빠르시군요."

기영준의 말에 뒤쪽에서 흐릿한 환영처럼 모습을 드러내는 자가 있었다. 몸 주위에 흑운령의 흑운기와 마찬가지로 검은 안개 같은 기운, 암운기를 드리웠는데 이 둘이 형상은 닮았어도 성격은 완전히 다른 것 같았다.

눈매가 가는 사내였다. 겉으로 보면 마인으로 보이지 않을 정도로 점잖은 인상의 소유자지만 주변에 두른 암운기도 그렇고, 전신에서 일반인은 가까이 가는 것만으로도 질식할 것 같은 지독한 마기가 풍긴다.

그가 말했다.

"우리는 당신의 무위를 설산검후보다 낮게 평가하기는 합니다만, 태극문의 무공이 우리와 상성이 나쁘다는 점도 무시할 수는 없겠지요."

정화력을 발하는 도가 무공의 선기는 마기의 천적과도 같다. 만약 백야문의 결계 밖에 나간다면 다른 무인들은 마기로부터 스스로를 보호하느라 제 실력을 내지 못할 것이고, 내공이 약한 자는 아예 전투 자체가 불가능하리라. 하지만 태극문도들만은 마기의 영향을 무시하고 전력으로 싸울 수 있었다.

기영준이 눈을 가늘게 떴다.

"오만방자한 자로군. 하긴 마교의 주구들은 다들 그러하지."

"하하하. 지금 이 상황에서 오만한 게 어느 쪽일까요? 어쩌면 우리 개개인의 무위가 당신만 못할지도 모르나, 지금의 우리는……."

"말이 많군. 쓸데없는 소리를 쫑알쫑알 시끄럽게 떠들어대서 정보를 주지 마라, 암운령."

거구의 암서령이 암운령의 말을 자르고는 공격에 들어갔다. 그의 몸에서 섬뜩한 핏빛 기운이 치솟더니 그대로 언월도로 아래를 후린다.

후우우우우우!

그것만으로도 언월도에 맺긴 핏빛 기운이 그 앞쪽 5장을 휩쓸었다. 검으로 받기 까다로운 공격이라 기영준이 허공으로 뛰어오르니, 바로 그 순간을 노리고 암운령이 달려든다.

그의 무기는 길이가 2척(약 60센티)에 달하는 두 개의 부채였다.

차차차차차!

유려하게 부채춤을 추는 것 같은 동작인데 거기에 암운기가 휘말려 들어가면서 무시무시한 파괴력을 발한다. 즉시 암서령도 뛰어들면서 폭풍 같은 연수합격을 펼쳤다.

'아······!'

격이 다른 고수들의 격전을 보면서 가신우가 전율했다.

모든 무예는 오로지 실전 속에서만 그 진가를 볼 수 있다. 연습에서 한 수 한 수의 완성도를 가늠하고 대련에서 전체의 수준을 확인할 수 있지만 그것은 전심전력을 다하지 못하고 한발 물러나야만 하는 상황이다.

그렇기에 가신우는 아직까지 한 번도 태극검의 진수를 보지 못했다. 강호에서 열 손가락 안에 들어간다고 일컬어지는 사부가 자기 앞에서 본실력을 발휘한 적이 없었기 때문이다.

지금 이 순간, 한 번도 본 적 없는 태극검의 진수가 펼쳐지고 있었다. 두 명의 팔대호법이 폭풍처럼 쏟아내는 기운을 상대로 기영준의 검이 막힘없는 원을 그려낸다. 평면의 원인 것 같으면서도 실은 나선 궤도의 입체, 그것을 대하는 자의 거리감을 무너뜨리면서 자신의 흐름에 태워 녹여 버리는 태극검의 이상이 눈앞에서 실현되었다.

"큭!"

자신만만했던 암운령이 낭패한 기색으로 튕겨 나갔다. 그
리고 강맹한 공격을 퍼붓던 암서령도 기영준의 검에 언월도
의 첨단이 닿는 순간, 마치 그에게 조종되는 꼭두각시 인형처
럼 원의 궤도로 빨려 들어가면서 몸통이 열리는 감각에 전율
했다.

쾅!

가신우가 흑영신교도를 상대로 선보였던 것과 똑같은, 그
러나 비교를 불허할 정도로 세련된 검격이 암서령을 쳤다. 저
런 고수를 상대로, 눈 깜짝할 사이에 수십 합이 오가는 초가
속의 격전 속에서 허공에서 몸을 현란하게 회전시키면서 칠
수 있다니, 눈으로 보면서도 믿어지지 않는 광경이다.

암서령은 핏빛 기운을 전개해서 겨우 그 공격을 버텨냈다.
기영준은 주르륵 밀려나는 그를 상대하는 대신 마치 춤을 추
듯이 제자리에서 몸을 돌리면서 유려한 원을 그린다.

그러자 은신한 채로 뒤로 돌아갔던 암운령의 부채가 거기
에 끌려들어 간다. 그가 원에 끌려들어 가기 전에 스스로 몸
을 내던지듯 회전시키면서 빠져나오고, 그 틈을 타서 암서령
이 달려드는데…….

퍼엉!

마치 기다리고 있었다는 듯, 자연스럽게 뒤로 내미는 발에

암서령이 몸을 내던지는 격이 되었다. 폭음이 울리며 암서령의 거구가 다시 날아간다.

그걸로 끝이 아니다. 기영준의 검이 발하는 기운이 검을 휘두르면 휘두를수록 강해졌다. 주변의 기운을 자신이 원하는 조화 속으로 끌어들이니 그의 동작이 끼치는 영향이 검이 닿는 범위를 넘어선다.

"이런 말도 안 되는……!"

암운령이 경악했다. 핑글핑글 돌면서 뒤로 빠져나갔다 싶었는데 어째서 기영준이 코앞에 있는가? 그리고 자신이 회전을 멈추는 그 순간에 그의 검이 심장을 노리고 찔러 들어오는 것인가?

"카악!"

파창!

두 개의 부채 중 하나가 날아갔다. 겨우 몸을 피했지만 그 순간 기영준의 몸이 마치 재주를 넘듯이 뒤로 넘어가면서 두 발차기가 가슴을 정통으로 가격한다.

쾅!

암운령이 다시 뒤로 날아갔다. 그리고 그 반동으로 허공에서 공중제비를 넘는 기영준의 아래쪽에서 암서령이 눈을 크게 뜨고 있었다.

파앗!

마치 경극을 보는 듯한 광경이다. 미리 합을 짜두었던 것처럼, 기영준이 암운령을 걷어차고 날아오르는 순간 암서령이 뛰어들면서 그의 검에 머리를 내던지고 있었다. 그가 기겁해서 핏빛 기운을 일으키면서 머리를 틀지 않았다면 어깨가 깊숙이 베어지는 걸로 끝나지 않았으리라.

게다가 이미 기영준이 전개한 선기가 태극의 원을 그리면서 두 사람을 가두어 버렸다. 빠져나가려는 순간, 기를 움직이는 조짐이 포착되어 기영준의 의도대로 끌려가리라.

'이것이 팔객! 이것이 진정한 태극검의 고수……!'

가신우는 몸을 부들부들 떨고 있었다.

자신은 하늘이 내린 재능의 소유자다. 천유하와 형운에게 패해 오만을 접었어도 그 확신이 사라지진 않았다. 그저 그로 인해 남들보다 더욱 높은 곳을 향해 가야 한다는 열망이 깊어졌을 뿐.

그렇기에 가신우는 누군가 이룩한 것을 보며 감탄한 적은 있어도 그가 타고난 것에 놀란 적은 없었다. 그들이 이룩한 것을 존중하면서도 자신에게 시간이 주어진다면, 계속해서 노력한다면 능히 그 위로 올라갈 수 있으리라 믿었다.

하지만 지금 이 순간, 기영준이 보여주는 경지는 그런 확신을 넘어섰다.

과연 저것이 재능이 있다고 해서 도달할 수 있는 경지인가? 그저 남들보다 많은 것을 갖고 태어났다고 해서 저러한 영역까지 발 디딜 수 있는가?

모르겠다. 지금까지 한 번도 의심해 본 적이 없는 믿음이 기영준에 의해 산산이 부서졌다.

그런데도 절망은 없다. 질시도 없다.

오로지 놀라울 뿐이다. 사부가 펼쳐 내는 모든 것이 경이로워서 자신이 태극문에 입문했음을, 그의 제자로 선택되었다는 사실에 하염없는 감사의 마음이 일었다.

하지만 그 기적도 언제까지 계속되진 않았다.

쿠구구구궁!

"음?"

두 팔대호법을 농락하던 기영준이 눈살을 찌푸렸다.

주변이 요동치면서, 결코 벌어져서는 안 되는 일이 벌어지고 있었다.

꽈과광! 꽈앙!

암운이 드리운 하늘에서 검은 벼락이 연달아 떨어졌다. 그것으로 보이지 않던 결계의 윤곽이 투명한 빛으로 드러나고, 거기에 생긴 균열이 섬뜩하리만치 눈에 띄었다.

"결계가 무너지고 있는 건가?"

흑영신교가 전력으로 맹공을 퍼붓는 와중에도 굳건했던 백야문의 결계가 붕괴하고 있었다.

"인정할 수밖에 없구나. 설산검후, 그녀야말로 이 설산의 무신이로다."

흑영신교주는 솟구치는 어둠 속에서 웃고 있었다.

이자령이 펼친 빙백만검겁령진은 흑영신의 화신인 교주조차도 기절초풍할 정도로 막강한 이적이었다. 사람의 몸으로 저런 힘을 발하는 게 가당키나 한 일인가? 백야문 무공의 특성상 오로지 이 설산에서만 최고의 위력이 나오기는 하겠지만, 세 개의 기둥을 세우고 절진을 펼쳐 둔 상황이 아니었다면 그것으로 흑영신교는 몰살당했을 것이다.

실제로 엄청나게 불어났던 환마들은 9할이 쓸려 버렸고 흑영신교도들도 피해가 막대했다. 교주가 승부수를 꺼내는 게 한순간만 늦었어도 궤멸당했으리라.

하지만 목적은 이루었다. 저들이 내부의 배신으로 혼란에 빠진 틈을 타서, 며칠 동안 파악해 둔 결계의 중추 중 몇 군데를 파괴할 수 있었다. 그렇게 약해진 결계에 사흘간 모인 마기를 쏟아부어서 결계를 무너뜨렸다.

이제 백야문 안으로도 마기가 흘러들어 가고 있었다. 이로써 백야문에 모인 자들은 마기로부터 스스로를 지키느라 제대로 싸우지 못할 것이며, 흑영신교의 무리는 전력이 증대되리라.

교주는 마기가 휘몰아치는 전장을 느긋하게 걸었다.

그의 곁으로 범접하는 이는 없다. 흑영신교도들이 그에게 방해되는 것들을 치워 버리고 있다.

백야문에 모인 고수들에게는 각자 상대가 되는 이들을 붙여놓았다. 그렇기에……

"별의 힘을 받은 자들이 서로 싸우는 것 또한 이 연옥의 생명이 부여받은 숙명일지니."

교주는 목적한 대로 누구의 방해도 받지 않고 성운의 기재와 대치할 수 있었다.

"당신이 흑영신교주?"

긴장한 표정으로 그와 대치한 것은 서하령이었다. 교주가 목적한 것이 바로 그녀였던 것이다.

교주가 말했다.

"그렇다. 운명을 벗어난 소녀여. 그대와 만나는 순간을 고대해 왔느니라."

"…황족보다도 더 이상한 말투를 쓰는 사람이네. 교주라서 그런가?"

"하하하. 내 앞에서 그런 식으로 말하는 사람은 처음이구나. 그래, 교주라서 이런 식으로 말하는 법밖에 배우지 못하였다. 그러니 교주답게 명하마. 존재할 수 없었던 광령익조의 피를 이은 자여, 전력을 다해 덤비거라."

"⋯⋯."

그 말에 서하령의 표정이 변했다. 그녀가 이은 혈통의 근원이 광령익조라는 것을 아는 이는 극소수였다. 지난번 성해에서 흑영신교가 난리를 피웠을 때 영수의 피를 일깨우기는 했지만 정체를 알아본 자는 없었을 텐데⋯⋯.

"어떻게 알았지? 흑영신교에 예지력을 가진 신녀가 있다던데 그녀를 통해서?"

"나의 아리따운 반려에 대해서 알고 있나 보구나. 그렇다. 그나저나 연옥에서 고통받는 여성에 대한 예우로 선수를 양보하고자 한다만, 계속 기다려야겠느냐?"

"바라는 대로."

서하령이 표정을 굳혔다.

'이길 수 있을까?'

동년배를 보고 이런 생각을 한 적은 처음이다. 그녀는 언제나 어떻게 하면 이길 수 있겠다고 생각했지, 패배를 걱정해본 적이 없었다.

하지만 상황이 너무 불리했다.

그녀는 사흘 동안 싸우느라 지쳤다. 그리고 휘몰아치는 마기에서 스스로를 지키느라 내공을 소진하고 있으니 당연히 몸과 기 양쪽의 움직임이 위축된다.

그에 비해 교주는 이 마기 속에서 힘이 극대화되는 존재다. 아니, 그걸 넘어서 마기의 폭풍을 일으키는 핵심이라고 할 수 있었다.

'그러나 아무리 마(魔)에 속한 자라도 결국은 사람의 몸을 가진 자.'

서하령의 천라무진경은 이 상황에도 교주의 기를 뚜렷하게 잡아내고 있었다. 오감이 전부 기감에 동조해서 각자의 방식으로 기의 움직임을 포착하고 그로써 완전한 통찰을 얻는다.

"당신 역시 영수, 아니, 마수의 혈통이구나."

그래서 알 수 있었다. 교주가 순혈의 인간이 아니라는 것을.

교주가 빙긋 웃었다.

"잘 알아보았다. 그렇기에 그대를 상대로……."

순간 서하령이 치고 들어갔다. 교주의 느릿느릿한 호흡을 관찰하다가 들숨이 끝나고 날숨으로 전환하는 바로 그 순간 급가속하면서 공격을 가한다.

완벽한 기습이었는데도 교주는 어렵지 않게 막았다. 뒤이어 양쪽의 손이 현란하게 움직이면서 서로를 노린다.

파바바바밧!

"흠!"

교주가 눈을 크게 떴다. 이 짧은 공방에서 서하령은 세 가지 측면에서 그를 놀라게 했다.

첫 번째는 속도다.

공격을 내는 것이, 힘을 발하고 거둬들이는 것이, 그리고 이쪽의 반응을 보고 변화를 일으키는 것이 놀랍도록 빠르다. 신체의 움직임뿐만 아니라 기의 수발도 너무 빨라서, 단순히 몸의 움직임으로만 보면 서하령보다 빠른 교주가 오히려 밀렸다.

두 번째는 기술이다.

교주는 속도만이 아니라 힘도 서하령보다 위다. 순수하게 육체의 성능을 놓고 봐도 완력 면에서 남자인 교주가 여자인 서하령보다 우위에 있다. 거기에 교주는 이 마기 속에서 힘이 증대되고 있으며 서하령은 위축된다. 또한 교주의 내공이 서하령보다 확연히 위다.

그러니 서로 맞부딪치는 것만으로 서하령이 내상을 입을 수 있었다.

그런데 그렇게 안 된다.

저쪽이 일장을 날리고 이쪽이 팔로 받으면, 그 순간 이쪽의 기맥에서 반탄력이 일어난다. 즉 막는 걸로 끝나는 게 아니라 상대방의 공격을 튕겨서 내상을 입히려는 의도다.

하지만 서하령은 마치 그걸 기다렸다는 듯, 절묘한 순간에 힘을 가감하면서 뺀다. 반탄력을 일으켰던 교주가 오히려 헛된 힘의 방출로 기의 수발이 흐트러지고, 그렇게 일어난 틈으로 새로운 공격이 날아든다.

'허어!'

한 수 한 수가 경탄의 향연이다. 힘, 속도, 내공 모든 면에서 그가 위인데도 전혀 우세를 점할 수가 없다. 오히려 교주의 공격은 스치지도 못하는데 서하령은 몇 번이나 그에게 공격을 꽂아 넣었다.

문득 교주가 서하령의 공격에 맞고 뒤로 날아갔다. 하지만 서하령은 쾌재를 부르는 대신 표정을 굳혔다.

'자연체! 큰 공격을 기다리고 있었구나.'

교주는 자연체를 취하면서 스스로 날아가 거리를 벌린 것이다. 쫓아 들어갔다가는 치명적인 반격이 기다리고 있으리라.

교주가 말했다.

"놀랍군. 이 몸은 워낙 튼튼해서 어지간한 공격으로는 간에 기별도 안 가는데… 그대의 가벼운 손놀림에 뼛속까지 울리고 있다."

서하령에게 접근전의 기술로 압도당했다고는 하나 교주도 도저히 그녀와 비슷한 연령대라고는 생각할 수 없는 고수였다. 그래서 서하령도 큰 공격을 넣지 못하고 자잘한 공격을 넣는 것에 그친 것이다.

대신 서하령은 스쳐 가는 듯한 한 수 한 수에 침투경을 실어서 타격을 입혔다. 실로 감탄할 수밖에 없는 실력이다. 하지만 정작 공격을 성공시킨 서하령의 표정이 어두웠다.

'내공이 6심이라니.'

서하령에게 있어서 적의 몸과 접촉해서 침투경을 찔러 넣는 것은 마치 의원이 환자를 촉진(觸診)하는 것과도 비슷했다. 공격적인 기운을 찔러 넣어서 내부가 어떻게 반응하는지를 보고 내공 수위를 짐작해 볼 수 있는 것이다.

그런데 교주의 내공이 6심이라 마기 때문에 위축된 그녀의 침투경이 거의 먹히지 않고 녹아버린다. 형운 말고는 강호상의 그 누구도 저 나이에 저런 내공을 이루지 못했으리라 생각했는데…….

"도대체 지금까지 얼마나 많은 사람을 희생시킨 거야?"

"연옥의 죄인들이 좁은 구원의 문을 통과할 수 있도록 선업을 쌓은 것이니라."

교주가 빙긋 웃으며 대답했다.

아무리 마공이라도 저 나이에 6심의 내공을 이루는 건 보통 일이 아니다. 아마 흑영신교가 비장한 사악한 대법들이 총동원되었을 것이고, 엄청나게 많은 목숨을 유린하여 그 힘을 취했으리라.

마공만큼 환경의 특혜가 큰 영향을 끼치는 것이 없고, 교주는 마인으로서 가장 축복받은 환경에서 무공을 연마한 이였다. 적어도 수백의 목숨을 취했으리라.

서하령이 숨김없이 혐오와 경멸을 드러냈다.

"새삼스럽지만, 당신들은 정말 미쳤어."

"이 연옥이 미쳐 있는 것이다. 진리를 진리로 받아들이지 못하는 모습이 가엾구나."

그렇게 대답한 교주가 문득 안쓰러운 표정을 지으며 물었다.

"그 상태로는 안 된다는 것을 알았을 터, 진정한 힘을 일깨우지 않을 것인가?"

"……."

"광령익조의 힘을 견식해 보고자 했거늘, 그대는 스스로 타고난 존귀함보다 연옥의 주민으로서의 가엾은 삶을 우선시하는 모양이구나."

진심으로 안타깝다는 듯 고개를 저은 교주가 움직였다. 동시에 그의 몸에서 지금까지와는 비교도 안 되는 기파가 흘러나오기 시작했다.

"그럼 이쪽이 진심으로 가도록 하지."

서하령은 오싹했다. 교주가 마수의 피를 일깨웠다. 그것도 별다른 조짐도 없이 너무나도 자연스럽게…….

파앗!

다음 순간, 조금 전까지와는 격이 다른 기세와 속도로 서하령을 맹습한다. 조금 전까지 한 호흡으로 판단했던 찰나를 두 호흡으로 쓸 정도의 속도다. 서하령도 감히 맞받지 못하고 피하는 데 급급했다.

파파파파파파!

천라무진경이 교주의 기를 낱낱이 잡아내고 움직임을 통찰한다. 마치 예지력을 가진 것처럼, 다음 순간에 그가 어떻게 움직여서 어디를 노릴지 뚜렷하게 안다.

그런데도 따라갈 수가 없다. 최소한 반 박자 이상 빨리 움직임을 파악하고 대응하고 있건만, 교주의 공격이 더 빠르다!

퍼엉!

폭음이 울리며 서하령이 뒤로 날아갔다. 겨우 자세를 잡았지만 그 자리에 주저앉으며 울컥 피를 토했다.

"으윽……!"

정타는 맞지도 않았다. 더 이상 흘려내거나 피할 수가 없어서 막았을 뿐인데 팔뼈가 부러지고 내상을 입었다.

게다가 서하령은 그 순간에도 뒤로 몸을 날리면서 충격을 최소화했다. 그런데 교주의 공격이 너무 빨라서 충격이 흩어지는 것보다 빠르게 방어를 관통해 버렸다.

'아니, 그것만이 아니야……'

서하령의 머릿속에 벼락같은 깨달음이 지나갔다.

'조금 전보다 강해졌어!'

힘이 강해지고 속도가 빨라진 것만이 아니다. 기술 수준이
한 단계 진보했다.

그저 공격이 빨라서 몸을 빼는 것보다 빠르게 방어를 관통
한 게 아니다. 서하령이 방어하면서 몸을 날리는 순간, 그 조
짐을 사전에 포착하고 자신도 몸을 내던지면서 힘을 폭발시
킨 것이다.

보통 반격이라고 하면 날아드는 공격을 받아치는 것을 말
한다. 그러나 교주가 행한 이 공격 역시 반격의 극의라고 할
수 있었다.

그리고 그 극의는, 분명 교주를 상대로 서하령이 계속 보여
준 기술의 연장선이었다. 교주는 그 찰나에 서하령의 기술을
훔쳐 낸 것이다.

'이런 재능이… 성운의 기재 말고도 있었다니.'

서하령은 별의 수호자에서 수많은 기재들을 보아왔다. 하
지만 그녀를 감탄시킨 재능은 없었다. 오로지 같은 성운의 기
재들만이 그녀가 눈여겨볼 만한 재능을 보였을 뿐이다.

그런데 교주가 보인 한 수가 그녀를 오싹하게 만들었다. 이
것은 분명 성운의 기재와 동격의 재능이다.

교주는 결정타를 먹이러 오는 대신 감탄성을 질렀다.

"정말 대단하군! 같은 성운의 기재인데 이렇게까지 다른가?"

"뭐……?"

"사검우는 이 상태의 내게 열 합도 버티지 못하고 심장을 내줬거늘, 그대는 진정 무인으로서 입신(入神)의 경지에 이를 수 있는 자질을 가졌구나."

"……."

서하령은 놀라서 아픔조차 잊었다.

사검우.

그 이름은 기억하고 있다. 분명 위진국의 장군이며 팔객의 일원인 폭성검 백리검운이 제자로 삼은 성운의 기재다.

'성운의 기재를 죽였다고?'

언젠가는 일어날 일이었다.

전대 성운의 기재들이 그러했듯이, 풍운을 몰고 다니는 성운의 기재들은 다음 세대가 나타났을 때까지 살아남는 이가 거의 없었다. 눈부시게 빛을 발하다가 죽음을 맞이하고, 그리고 성운의 기재에 대한 인식만을 남긴 채 세간에서 잊힌다.

하지만 자신과 동세대에 속한 이가 죽었다는 것은 서하령에게도 충격이었다. 얼굴 한 번 본 적 없는 이지만 그 죽음이 크게 와 닿았다.

"당신이, 성운의 기재를……?"

서하령은 내상으로 잘 안 나오는 목소리를 억지로 쥐어짜 내어 물었다.

교주가 말했다.

"그렇다. 그가 첫 번째였느니라. 그리고 이제 그대가 두 번 째가 될 것이다."

"어째서……?"

"이 연옥의 가엾은 자들을 구원하기 위해 필요한 일이기 때문이니라."

전혀 대답이 안 되는 말이었다. 미쳐 버린 믿음을 가진 자 가 자신만의 기준에 근거해서 말하는 것이 이해된다면 그게 더 이상한 일이다.

교주가 빙긋 웃으며 말했다.

"그러나 그대가 진정 궁금해하는 건 따로 있지 않느냐?"

"……."

"그대가 패한 이유가 궁금하지 않은가?"

서하령은 그건 궁금하지 않다고 한마디 쏘아주고 싶었다. 사실 패할 만해서 패했다. 상황이 적한테는 극도로 유리하고 자기한테는 극도로 불리한 데다가 서로가 가진 패의 차이가 너무 컸다.

말하자면 교주는 형운의 몸과 성운의 기재를 합쳐 놓은 것 같은 자였다.

"나는 흑영신이 연옥을 구제하고자 내려보낸 수호마수 암익신조(暗翼神鳥)의 피를 이어 사람의 자궁에서 태어났으며……."

그것이 교주가 서하령을 상대로 고른 이유였다. 암익신조는 광령익조와 대비되는 마수였기 때문이다. 그 역시 후손을 용납하지 않는 존재였지만 흑영신의 의지는 그 본성마저도 거스르게 만들었다.

"그로써 극마지체(極魔肢體)라 불리는 진정한 마(魔)를 담을 그릇이 되었느니라."

모든 마인이 꿈꾸는, 마공의 극을 이룰 수 있다는 전설적인 재능. 수많은 마인들이 갖가지 사악한 방법을 통해 이루고자 했지만 닿을 수 없었던 그 재능의 소유자가 서하령의 앞에 서 있었다.

'극마지체, 그게 실제로 있는 거였어?'

이 장로에게 연단술사 수업을 받고 있는 그녀도 극마지체에 대해서 잘 알고 있었다. 그렇기에 놀랄 수밖에 없었다. 마공에 있어서는 성운의 기재를 능가한다고 하는 전설 속의 존재가 눈앞에 있다니?

"또한……."

교주가 서하령에게 다가오면서 뭔가 더 말하려는 때였다.

"이 자식! 누나한테서 떨어져!"

마곡정이 성난 목소리로 외치며 교주를 급습했다.

6

폭음이 울렸다.

강맹한 도격(刀擊)이 공간을 베어낸다 싶은 순간, 눈앞에서 어둠이 폭발했다. 그리고 마곡정은 하늘을 날고 있었다.

"…어?"

순간 마곡정은 자기가 뭔 일을 당했는지 알 수가 없었다. 분명히 회심의 일격이었다. 적이 막거나 피하면 그 후에 돌아가면서 공격을 이어나가려고 했는데 뭐가 어떻게 된 것인가?

그때 뭔가가 머리를 받치는 느낌이 났다. 그리고 눈앞에 발이 하나 불쑥 나타났다.

'응?'

그리고 그 발이 마곡정의 얼굴을 그대로 누른다. 그걸로 마곡정의 몸이 허공에서 한 바퀴 빙글 돌아서 바닥에 엎어졌다.

"푸억!"

마곡정이 야수 같은 감각에 의존해서 네발로 땅을 짚었다. 옆에서 다 죽어가는, 그러면서도 북풍한설보다도 차가운 목소리가 들려왔다.

"도와주러 왔으면… 도움이 되어야 할 것, 아니야……."

"아니, 누나! 남이 도와주러 왔는데 대뜸 매정한 소리부터 하기야? 게다가 왜 멀쩡한 손 놔두고 발로……."

벌떡 일어나면서 울분을 토하던 마곡정은 서하령을 보자마자 입을 다물었다. 내상으로 인해 안색이 창백하고 입가에 피가 흐르는 그녀의 양팔은 아래로 축 늘어져 있었다.

"유감, 있어……?"

"…죄송합니다."

마곡정은 잠자코 고개를 숙였다. 서하령은 교주의 공격을 막고 양팔이 부러진 채였다.

말하기 힘든 서하령이 전음을 날렸다.

―당장 영수의 피를 일깨워. 안 그러면… 죽어.

마곡정은 오싹했다. 앞에서 교주가 두 사람의 대화를 아주 흥미로워하면서 듣고 있었다.

조금의 위협도 내보이지 않는 상황인데, 보는 순간 전신의 털이 곤두선다. 영수의 피를 이었기에 알 수 있었다. 교주가 개방한 마수의 힘이 격이 다르다는 것을.

'이거, 절대 못 이기겠는데…….'

짐승은 인간보다 상대의 강함을 파악하는 능력이 뛰어나다. 그리고 일단 상대가 강하다 싶으면 주저 없이 꼬리를 내리고 살아남는 길을 택한다.

야성이 강한 마곡정도 그런 본능이 발달해 있었다. 그래서 교주를 보는 순간, 서로가 핏속에 가진 힘의 격이 다르다는 걸 알아차렸다.

'하긴 누나가 이 모양이 됐는데…….'

그동안 수십 번이나 사경을 헤매면서 고련해 왔기에 자기가 강해졌다는 확신이 있었다. 하지만 서하령보다 강해졌냐 하면 대뜸 표정이 구겨진다.

'뭐 그래도 누나보다는 내가 좀 상황이 낫지. 젠장, 남자잖아. 가끔은 내가 누나도 지켜주고 그래야지!'

마곡정도 지독한 마기 때문에 힘이 위축되는 건 똑같다. 하지만 그가 서하령과 다른 점은 청안설표가 설산의 영수라는 것이다. 그렇기에 설산에 흐르는 힘의 가호를 받아서 좀 상황이 나았다.

마곡정은 심호흡을 한번 했다.

분명 마곡정은 영수의 피를 이었고 강한 야성에 휘둘린다. 하지만 사람이 짐승과 다른 것은 상대가 자기보다 강하다는 걸 알아도 곧바로 꼬리 내리고 도망가지 않는다는 것이다.

"부족하나마 한 수 거들겠어요."

"고마워요, 진예 소저."

영수의 힘을 일깨우는 마곡정의 옆에는 어느새 진예가 합류해 있었다. 그녀는 평소의 멍한 모습은 온데간데없고 긴장

가득한 얼굴로 교주를 노려보았다.

진예를 본 교주가 기꺼워했다.

"호오. 백야문의 성운의 기재여. 그대의 목숨은 오늘 취할 예정이 없었는데 굳이 내 앞에 나타날 줄이야. 하지만 온 기회를 마다할 생각은 없노라. 어차피 언젠가는 모두 강탈해야 할 목숨이었으니."

교주가 성큼 한걸음 내딛었다.

"자아, 그러면 덤벼보거라."

"먼저 덤비지 그래요?"

진예가 물었다. 교주가 빙긋 웃었다.

"존귀한 자는 경망되게 움직이지 않는 법이다. 가엾은 연옥의 주민들을 어찌 발버둥칠 기회도 주지 않고 짓밟겠느냐?"

"그렇군요."

진예가 고개를 끄덕였다.

"선수를 양보한다 이거지요?"

"그렇다."

"흑영신교주씩이나 되는 분이니 자기 말에 책임을 지겠지요?"

"물론이다."

"그럼 우리는 귀중한 선공을 어떤 방식으로 할지 의논 좀

할게요. 서 소저, 그동안 운기조식하세요."

"……"

이 말에는 늘 여유 만만하던 교주조차도 멍청한 표정을 지었다. 지금까지 살면서 이런 심정을 느껴본 적이 있었던가?

"흠."

"설마 한입으로 두말할 생각은 아니지요?"

"아, 물론 그럴 생각은 없다. 그저 너무 신선한 경험이라 그만."

교주가 웃었다. 흑영신교 내에서 교주로서만 살아오다 보니 이런 감정, 즉 '어처구니없음'을 느껴보는 게 처음이다.

"연옥의 자식으로 태어났거늘, 아직 알아야 할 게 많이 남았다는 사실이 놀랍구나. 귀중한 경험이로고."

노인네처럼 허허 웃은 그가 말했다.

"그러나 천명에 따라 별의 힘을 받은 소녀여."

"와, 저 그런 식으로 불리는 거 처음이에요. 황실에서 부르는 것보다 더 거창하게 부르시네요?"

"그대가 예우를 취할 가치가 있는 존재이기 때문이다. 나는 내 말을 지켜 선공을 취하지 않을 것이다. 그러나 그대가 스스로 말한 대로 행동하겠다면 그 또한 무인으로서의 예의를 저버리는 일이 아닌가?"

"음, 부정은 못 하겠군요."

"나는 혼자 몸이면서도 합공해 오는 그대들에게 기꺼이 선수를 양보하였다. 그런데 그대가 예의마저 지키지 않는다면 나보다는 내 부하들이 화를 낼지도 모르겠구나."

과연 진예는 주변에서 살의에 찬 시선을 느꼈다.

지금 이 자리에서 교주가 혼자 몸으로 그들을 상대하는 것은 오로지 그가 그걸 바랐기 때문이다. 그가 한마디 명령만 내린다면 흑영신교의 무리들이 대거 몰아치리라.

결국 진예가 한숨을 쉬었다.

"그렇게까지 말씀하시니 어쩔 수가 없네요."

"말귀가 통하니 다행이구나."

고개를 끄덕이는 교주를 보면서 마곡정이 서하령에게 전음으로 물었다.

─누나, 이 녀석 저 상태에 들어간 지 얼마나 됐어?

영수의 피를 이은 자들이 그 힘을 각성한 채로 있을 수 있는 시간에는 한계가 있다. 이미 서하령과 저 상태로 싸운 뒤 계속 유지하고 있었으니 시간을 끌면 이쪽에 유리해지지 않을까?

서하령의 대답은 부정적이었다.

─의미 없는 일이야. 지금의 저자에게는 그런 제한이 없을 거야.

천라무진경을 연마한 서하령은 교주의 기의 흐름을 낱낱

이 읽어내고 그런 결론을 내렸다.

지금은 모든 것이 교주에게 유리하다. 흑영신의 가호를 받기에 절세고수의 심검마저도 그에게는 통용되지 않는다. 그리고 저 마기 속에서는 마수의 피를 일깨운 뒤 유지하는 시간 제한조차도 없다.

그렇다면 주변의 상황이 좀 유리하게 돌아가길 기대해 봐야겠는데…….

'안 되겠어.'

주변을 보니까 별로 희망이 안 보인다.

공중에서는 두 명의 팔대호법이 술법과 하늘을 나는 마수들의 지원까지 받아가면서 이자령을 상대로 맹공을 펼쳤다. 그녀의 신위가 대단하다지만 빙백만검겹령진을 펼치느라 내공을 대거 소진했고, 써버린 빙백검을 복구할 여유도 갖지 못했다. 그런 상황에서 격전을 치르느라 도저히 이쪽을 구원해 줄 여유가 없었다.

백야문의 태상문주 역시 마찬가지다. 그녀도 한 명의 팔대호법을 상대로 격전을 치르고 있었으며 다른 고수들도 각자 치열한 싸움을 벌이고 있었다.

기영준 역시 두 명의 팔대호법을 상대하느라 빠져나오지 못했다. 처음에는 그들을 놀라운 검술로 농락했지만, 그들이 일단 술법과 마수들의 지원을 받으며 환마들과 함께 차륜전을 벌이자 승기를 잡지 못했다.

그리고 다른 별의 수호자의 일원들은 전부 그녀와 분리되어 있었다. 이런 상황에서 마곡정이 뛰어 들어온 것은 아마 그와 같이 움직이던 진예 때문에 교주가 일부러 길을 터준 것이리라.

그때 진예의 전음이 날아들었다.

―서 소저, 제가 공격하는 순간에 빠져나가세요.

서하령이 놀랐다. 그녀가 이런 말을 할 거라고는 상상도 못했기 때문이다.

―서 소저는 우리 손님이니까, 이렇게 목숨을 잃게 할 수는 없잖아요.

늘 흐리멍덩하게 사는 진예였지만 백야문도로서의 자긍심이 있었다. 자기들을 위해 분투한 손님을 죽게 내버려 둘 수는 없었다.

―저, 후회하고 있어요.

진예는 태연한 척하고 있었지만 속으로는 덜덜 떨고 있었다. 눈앞에서 자신의 공격을 기다리는 교주가 너무 무섭다.

―수련 따위 정말 싫었는데, 이런 날이 올 줄 알았으면 좀 더 열심히 할걸.

탁월한 재능에도 불구하고 그녀는 수련을 게을리했다. 가신우와 달리 황실에서 패배를 맛본 후에도 달라지지 않았다.

그녀의 천성이 느긋하며 승부에 집착하는 마음이 없었기 때문이었다.

하지만 지금 이 순간, 그렇게 지낸 시간들이 후회된다. 요리조리 도망 다니지 말고 열심히 했다면 지금 이 위기를 타파할 수 있었을지도 모르는데…….

7

진예는 설산에서 태어나 백야문에 거두어졌다.

이자령이 그녀를 제자로 거둔 것은 성운의 기재임이 밝혀진 후였다. 하지만 그 전부터 백야문의 평제자로서 다른 아이들과 함께 교육받고 있었다.

그 이유는 그녀가 일찌감치 부모를 여의였기 때문이다. 온갖 위험이 가득한 설산에서는 흔한 일이다. 백야문은 종종 그런 아이들을 제자로 거두어서 돌보았고 진예는 그 대상이 될 수 있었다.

어려서부터 그녀는 다른 사람과 달랐다. 기이할 정도로 추위를 타지 않았고 위험을 감지하는 능력이 탁월했다. 그리고 한기를 다루는 백야문의 내공심법에 뛰어난 성취를 보였다.

어떻게 그럴 수 있느냐는 동료들의 질문을 받으면 진예는 이렇게 대답했다.

'눈이 속삭이는 소리가 들려.'

다른 사람은 알아들을 수 없는 설명이었다. 다들 그녀를 좀 머리가 이상한 아이라고 여겼다.

하지만 진예에게는 그 소리가 정말로 들렸다. 백야문의 무공이 마치 그녀를 위해 준비된 것 같았다.

백야문의 내공심법 빙백설야공(氷魄雪夜功)은 익히는 것 자체가 고행이라고 할 수 있는 무공이다. 설산에서 연마하는 것을 전제 조건으로 삼은 이 심법은 눈과 얼음으로 가득한 곳에서 기감을 활짝 열고 한기를 체내에 받아들이면서 수련한다.

당연하게도 이 과정은 매우 고통스럽다. 추위에 벌벌 떠는 것만으로도 고통스러운데 적극적으로 몸 안에 그 기운을 모아 담아서 융화시켜야 하니 안 그렇겠는가? 서서히 얼어 죽어가는 듯한 고통을 극복해야만 빙백설야공이 목표로 하는, 의념으로 한기를 다루는 신체 빙백지신(氷白之身)을 이룰 수 있었다.

그런데 진예는 빙백설야공의 연마를 괴로워하지 않았다. 그녀는 오히려 그것을 즐겼다.

남들과 달리 그녀는 설산에 쌓인 눈이 속삭이는 소리가 들렸다. 그 소리에 따르기만 하면 한기를 자기 몸에 들이는 감각이 편안하기 그지없었다.

자연히 그녀는 빙백설야공에 푹 빠지게 되었다. 남들이 고통을 못 이기고 수련을 쉬는 동안에도 그녀는 마치 단잠을 취하듯이 수련을 계속하니 내공의 성취가 빠를 수밖에 없었다.

하지만 그렇다고 그녀가 다른 아이들보다 크게 나았던 것은 아니다. 빙백설야공의 성취가 빠른 데 비해 권각술과 검술은 형편없었다.

'진예야, 넌 왜 스스로의 재능을 귀하게 생각하지 않는 게냐?'

귀에 따갑도록 그런 말을 들었다. 성운의 기재로 각성한 후에도 마찬가지였다.

권각술과 검술의 성취가 떨어지는 것은 진예가 워낙 몸을 움직이는 것을 귀찮아하는 탓이었다. 성운의 기재로 각성한 후에는 이해 능력이 월등히 높아진 데다가 이자령이 워낙 호되게 가르쳐서 급격히 실력이 늘기는 했다. 그래도 만약 스스로 열정을 보였다면 비교도 할 수 없을 정도로 성취가 높았으리라.

하지만 진예는 그럴 필요성을 느끼지 못했다. 그녀는 눈과 얼음과 하나가 되는 감각이 사랑스러울 뿐, 더 높은 경지의 무공에 뜻을 두지 않았으니까. 이자령의 엄한 가르침조차도 그녀의 천성을 바꿔놓지는 못했다.

　매번 몸을 숨기고, 도망쳐 다니는 진예를 붙잡아놓다 지친 이자령은 물었다.

　'진예야, 쓸데없는 말은 집어치우고 솔직하게 말해보거라. 왜 검술을 열심히 안 하느냐?'

　'재미가 없어서요.'

　'……'

　이 솔직담백한 대답에 이자령이 울화통을 터뜨렸다고 해서 그녀를 탓할 수는 없으리라. 진예는 많이 혼나고 많이 맞았지만, 그래도 결국은 바뀌지 않았다.

　진예는 무공에 뜻이 없었다. 빙백지신을 이루어 눈과 얼음과, 더 나아가서는 설산 자체와 하나가 되는 감각을 사랑할 뿐이지 무공으로 더 높은 곳에 이르고자 하는 욕망을 가져 보지 못했다.

　그렇다면 절실하게 지키고자 하는 이가 있는가?

　없다.

　부모는 어릴 때 여의었고, 백야문의 사람들도 다 그녀와는 거리가 있었다. 그리고 무엇보다 그녀가 지켜줄 생각도 안 들 정도로 강한 사람들이 수두룩했다.

이자령의 뒤를 이어 문주가 되고자 하는 욕심마저도 없으니, 그녀에게는 무공에 열중해야 할 동기가 존재하지 않았다. 주변에서 아무리 그녀의 재능을 아까워하고 다그쳐 봤자 그녀에게는 귀찮은 참견일 뿐이다.

하지만…….

'죄송해요. 사부님 말씀이 옳았어요.'

진예는 비로소 자신이 아무것도 몰랐다는 사실을 깨달았다.

8

서늘한 바람이 불었다.

그것은 방금 전까지 광포하게 휘몰아치던 광풍의 잔재였다. 마치 눈보라의 일부를 국지적인 규모로 뚝 떼어낸 것처럼, 모든 것을 얼려 버리는 칼날 같은 바람이 거세게 울부짖다가 스러져 갔다.

그리고 그 속에서 만신창이가 된 소녀가 한쪽 무릎을 꿇었다.

"하아, 하아……."

진예가 거칠게 숨을 몰아쉬었다. 옷은 너덜너덜해져 있었고 내상을 입어서 입가에서 피가 흐르고 있었다.

그녀에게는 익숙지 않은 경험이었다. 게을러서 몸을 움직이는 것을 싫어하는 그녀는 당연히 다른 백야문도에 비해서 육체를 별로 단련하지 않았다. 하지만 그래도 워낙 내공이 심후해서 이자령에게 일대일로 지도받을 때를 제외하면 숨결이 흐트러져 본 적이 없었다.

검으로 쓰러지는 몸을 지탱한 채 비틀거리는 진예 앞에서, 그녀에게 고통을 선사한 자가 혀를 찼다.

"검후의 제자라서 기대했거늘, 그대는 사검우만도 못하구나. 아니……."

흑영신교주는 노골적으로 실망한 기색을 드러냈다. 그가 신체 능력과 내공 면에서 압도적임을 감안해도 진예의 실력은 실망스럽기 그지없었다.

"무인으로서는 이자만도 못하군."

흑영신교주의 눈길이 향한 곳에는 마곡정이 쓰러져 있었다. 마곡정은 영수의 힘을 일깨우고 진예와 함께 결사의 각오로 교주에게 맞섰다. 그러나 교주의 옷을 상하게 했을 뿐, 몸에는 상처 하나 입히지 못하고 무참하게 패했다.

고개를 젓는 교주 앞에서 고개 숙이고 있던 진예의 눈이 빛났다. 그녀는 조금 전까지의 모습이 마치 거짓말이었던 것처럼 전광석화 같은 기습을 가했다.

파아아아앙!

검끝에 실린 한기가 폭발했다.

진예가 무인으로서 종합적인 기량은 떨어질지 몰라도 빙백설야공의 성취만은 뛰어났다. 한순간에 인체를 동파(凍破)시킬 수 있는 수준의 한기가 한 점에 집중되어 쏟아졌다.

"이미 지긋지긋하게 보았느니라. 이제는 이조차도 배울 게 없구나."

"아……!"

진예가 경악으로 눈을 크게 떴다.

교주가 손가락을 죽 뻗어서 검끝을 막아냈다. 지법으로 검극을 막다니, 미친 짓이라고 하겠지만 거기 실린 기운이 그것을 가능케 한다. 교주는 진예의 속내를 손바닥 보듯이 파악하고는 집중된 한기가 폭발하기 전에 자신의 기운으로 와해시켜 버렸다.

성운의 기재인 진예조차도 말이 안 나올 정도로 놀라운 한 수였다. 왜냐하면…….

'빙백설야공을 훔쳤어?'

교주는 진예가 한기를 다루는 방식을 파악, 기의 운용을 역순으로 풀어서 한기 폭발을 와해시켰기 때문이다.

기를 다루는 재주가 좋은 자들이 기의 속성을 자유자재로 바꿀 수 있다지만 그것도 한계가 있다. 빙백설야공은 한기를 다루는 데 있어서는 강호의 그 어떤 무공보다도 뛰어났다. 똑같이 한기를 다루는 기술로 백야문도를 능가하려면 적어도 비슷한 방식으로 특화된 신체 기반을 가져야 한다.

즉 성운의 기재라고 해도 빙백설야공을 보고 훔쳐 내는 건 불가능하다. 어떤 무공이든 그 기반이 되는 철학을 구현하기 위해 물리적인 준비를 필요로 하며, 빙백설야공이 요구하는 조건은 매우 특별하기에.

그런데 교주는 그런 일을 했다.

"표정을 보니 믿을 수가 없나 보군. 확실히 빙백설야공은 놀라운 무공이지. 하지만 과연 우리에게 그와 비슷한 기술이 없으리라 여기느냐? 오만하도다."

천년의 역사를 가진 흑영신교가 보유한 무공은 방대했다. 그중에는 한기를 다루는 것도 있었다.

물론 완전히 그 분야에 특화된 빙백설야공과 수준을 비교하는 건 어불성설이다. 그러나 일단 한기를 다룰 수 있다면 압도적인 내력과 감각에 의존해서 그 운용을 모방하는 게 불가능하지 않았다.

"검후의 제자여, 그대가 할 수 있는 일은 다 한 것 같구나. 이제 그만 포기하거라."

그 말과 함께 공기가 폭발하며 진예를 날려 버렸다. 울컥 피를 토하며 날아간 진예가 눈밭을 데굴데굴 굴렀다.

교주가 그 앞으로 느긋하게 다가갔다. 그때였다.

문득 교주가 쓴웃음을 지으며 말했다.

"이제야 결단을 내려봤자 너무 늦었다고 생각하지 않느냐?"

"생각하지 않아."

싸늘한 목소리로 대답한 것은 서하령이었다.

그녀의 등 뒤에서 빛이 흘러나오고 있었다. 계속 망설이고 있었지만, 완전히 물러날 때가 없게 되자 광령익조의 힘을 일깨우기로 한 것이다.

"누나, 안 돼……. 빨리 도망가……."

마곡정이 쓰러진 채로 헐떡였다. 서하령이 쓴웃음을 지었다.

'저런 동생을 죽게 할 수는 없잖아.'

진예와 마곡정이 분투하는 동안 조금이나마 내상을 다스릴 수 있었다. 그러니 자기 한 몸 희생해서라도…….

"그 생각은 잘못되었느니."

"아……!"

서하령의 눈이 경악으로 물들었다.

광령익조의 힘이 깨어나지 않는다. 각오를 굳히고 피를 자극했는데, 조금 힘이 흘러나오는 것 같더니 순식간에 다시 잠들어 버린다.

교주가 쓴웃음을 지었다.

"그대가 이어받은 혈통의 힘은 내부에서 오는 게 아니라 외부에서 오는 것. 처음 나와 대치했을 때 준 기회가 마지막이었느니라. 이제는 외부의 힘이 이곳에 임하는 것이 허락되지 않는다."

"……."

서하령은 망연자실했다. 설마 광령익조의 힘을 일깨우는 데 이런 문제가 있을 줄이야!

이곳과 외부가 기환진에 의해 완전히 격리되었고, 극대화된 마기에 의해 현계와 마계의 경계가 흐트러졌기에 흑영신의 힘이 직접 자신을 따르는 자들에게 전해지고 있다. 그 결과 항상 서하령과 이어져 있던 광령익조와의 연결이 차단된 것이다!

자신의 수중에 남은 패가 아무것도 없다는 사실을 깨달은 서하령의 표정이 공포에 물들었다. 지금까지 살면서 이 정도로 절망해 본 적은 단 한번, 광령익조로 각성한 아버지가 자신을 죽이려 했을 때뿐이다.

그때는 귀혁이 자신을 구원해 주었다. 하지만 지금은? 자신을 구원해 줄 이가 있는가?

'이렇게 끝이야?'

귀혁이 구해준 귀한 목숨이다. 마침내 그의 후계자가 될 수 있는 기회도 얻었다. 그런데 이렇게 끝난단 말인가?

교주가 말했다.

"과욕을 부리는 것 같지만, 그래, 이 자리에서 둘 모두를 취해야겠구나."

"……"

서하령은 어찌할 줄 모른 채 그를 바라보았다. 언제나 냉철한 모습을 보여왔지만 그녀 역시 세상 경험이 별로 없는 소녀에 불과했다. 가진 무기가 다 박살 난 상황에 몰리자 머릿속이 하얗게 변해 버렸다.

'귀혁 아저씨…….'

서하령은 하늘을 올려다보았다. 하지만 온통 주변을 뒤덮은 마기 때문에 별도 달도 보이지 않아서, 그녀는 눈을 감고 귀혁의 얼굴을 떠올렸다.

그런데 문득 뇌리에 떠오른 귀혁의 얼굴에 한 사람의 모습이 겹쳐졌다. 언제나 어딘가 멍청해 보이는 형운의 모습이었다.

전혀 닮지 않은 두 사람이었지만, 이 순간에는 아무런 거부감도 없이 어울렸다.

'네가 여기 있었으면 나도 구해줬을까?'

호위무사에 불과한 가려를 구하기 위해 자기 목숨을 구할 기회를 차버린 바보. 그 바보가 살아 있었다면 여기서도 자기를 구해주려고 나섰을까?

그런 부질없는 의문에 그녀는 웃어버렸다.

그때였다.

구구구구구……!

"음?"

여유 있게 서하령에게 다가가던 교주가 멈춰 섰다. 그가 표정을 굳힌 채 허공을 올려다보았다.

마치 먼 곳에서 지진이 일어나는 듯한 굉음이 들려온다. 땅이 미미하게 진동하면서, 검은 안개처럼 주변을 메운 마기의 흐름이 격변했다.

마기의 흐름이 급가속하면서 일제히 위로 끌려 올라간다. 온통 검은 안개로 뒤덮인 하늘의 한 지점으로 마기가 빨려 올라가면서 거기서 괴물의 형상이 나타난다. 그 괴물이 입을 벌리고 포효했다.

꽈과과광! 꽈광!

장내에 검은 벼락이 치면서 폭음이 울렸다. 그 지점에 있던 흑영신교도들과 환마들이 장난감처럼 날아가 버렸다.

동시에 교주의 주변에 어둠이 불길처럼 일었다 사라졌다. 교주 본인은 아무렇지도 않았지만……….

꽈꽈꽈꽈꽈!

그 뒤쪽 지면이 마치 신화 속의 마수가 할퀸 것처럼 수십 장이나 깎여 나갔다. 교주가 혀를 찼다.

"무극의 권! 혼마인가?"

교주는 자신을 지나친 것이 무극의 권임을 알아보았다. 육체의 제약을 초월하여 세상 만물을 이루는 본질, 기(氣)로 스스로를 바꾸고 인간의 육체가 받는 모든 물리적 제약을 초월하여 빛보다도 빠르게 적을 치는 일격!

본래대로라면 교주는 자신이 죽는다는 인식조차 없이 소멸했으리라. 그러나 그의 몸에 임한 흑영신의 가호가 물질을 기화(氣化)시켜 파멸로 이끄는 극상승의 절예를 차단해 버리고 있었다.

"흠. 혹시나 하고 찔러봤는데 역시나로군."

저편에서 혀를 차는 소리가 들려왔다. 시선을 돌려보니 그곳에는 새카만 옷자락을 펄럭이는 남자, 혼마 한서우가 서 있었다.

교주가 말했다.

"역시. 현명하고 아름다운 내 반려의 말은 틀림이 없도다."

"신녀가 내가 이 순간에 나타날 걸 예언했나?"

"놀라지 않느냐?"

"놀랄 거 뭐 있나? 신녀가 직접적으로 나에 대해 예지하지 못한다고 해도, 그로 인한 결과를 예지해서 내가 뭘 할지 추정하는 게 가능할 텐데."

"과연. 내 반려의 예지에 대해서 잘 알고 있구나."

"원래 그건 우리 쪽이 전문이었다는 걸 모르는구나, 애송이."

한서우가 이를 드러내며 웃었다.

혼원교는 흑영신교나 광세천교와 비교할 때 예지의 힘을 다루는 데 특화되어 있었다. 그런 힘이 있었기에 초월적인 마를 섬기지 않고, 그로부터 무언가를 받지 않고도 당당히 3대 마교의 일원으로 어깨를 나란히 할 수 있었던 것이다.

교주가 웃었다.

"나의 아름다운 반려가 예언하였다. 사람의 손으로 쌓아 올린 업이 내 앞을 가로막을 것이라고."

"사람의 손으로 쌓아 올린 업이라……."

"그건 역시 그대를 말하는 것이었군."

"글쎄다?"

한서우가 고개를 갸웃했다. 그사이 그의 주변을 흑영신교의 고수들을 포위했지만 전혀 신경 쓰는 기색이 아니다.

"왠지 그거 내가 아닌 것 같은데?"

"뭐라고?"

"표현상 나를 가리키는 것 같기도 한데, 내 느낌상 내가 아닌 다른 누군가야. 그리고 내 생각에 그 누군가도 여기 있어."

콰콰콰쾅!

순간 다른 방향에서 푸른 섬광이 폭발했다. 교주가 놀라 그 쪽을 바라보니 누더기가 된 옷을 입은 청년이 전신에 푸른빛 의 기류를 휘감은 채 서 있었다.

"설마……."

서하령은 자신을 등지고 선 청년의 등을 보며 믿을 수 없다 는 듯 중얼거렸다.

"형운?"

"아, 내가 좀 늦었지?"

형운이 그녀를 돌아보며 쑥스러운 듯 미소 지었다.

제26장
성운(星運)과 극마(極魔)

성운을
먹는자

1

형운은 눈을 떴다.

"......"

눈을 뜨자마자 형운은 긴 숨을 토해냈다. 자기도 모르는 새 운기조식에 들어가서 숨을 아주 깊게, 일반인은 도저히 흉내 낼 수 없을 정도로 긴 시간 동안 들이쉬었다가 내쉬고 있었다.

한순간 눈에 희미한 빛이 어렸다가 스러진다. 그리고 형운은 깨달았다.

'완치됐어.'

그렇게 엉망이었던 몸이 최상의 상태로 회복되어 있었다. 아픔은커녕 피로조차도 느껴지지 않았고 전신이 날아갈 듯 힘이 충만했다.

"이제야 깨어났군."

귓가를 파고드는 목소리에 형운이 고개를 돌렸다. 한서우가 가부좌를 틀고 앉은 채로 자신을 바라보고 있었다.

"…어, 무슨 일이 있었던 거죠?"

"하루가 넘도록 환골탈태를 하고 있었지."

"네?"

"그러지 않고서야 그런 부상이 완치되었을 리가 있나."

한서우는 형운이 호흡하는 것만 봐도 내상이 있는지 없는지 알아볼 안목이 있었다. 형운은 분명 내상도, 외상도 다 나았다.

"그나저나 이제는 수상비(水上飛)인가? 재능 없다고 툴툴대는 놈이 아주 골고루 하는구나."

"네? 무슨 말씀을……."

의아해하던 형운이 자연스럽게 발밑을 바라보았다. 그리고 기겁했다.

'헉! 뭐야? 왜 물 위야?'

그의 발이 군데군데 살얼음이 떠다니는 연못 위를 딛고 있었다. 발밑에 아무것도 지지하는 것이 없는데 이렇게 서 있다니, 이게 바로 상승의 경공이라는 수상비란 말인가?

그렇게 생각했을 때였다. 갑자기 몸이 밑으로 푹 빠졌다.

"어푸푸!"

"…흠. 그냥 무의식중에 그러고 있었을 뿐이고 수상비를 터득한 건 아니었나?"

얼음장 같은 물에 빠진 형운이 허우적거리면서 가라앉았다. 그러다가 곧 물에 젖은 생쥐 같은 꼴로 기어 나왔다.

"아으, 도대체 무슨 일이……."

"보통 이런 때는 얼어 죽을까 봐 걱정을 해야겠지만 한서 불침이라 그런 재미도 없구나."

"저한테는 매우 다행스럽네요."

형운이 툴툴거렸다.

한서우가 말했다.

"무슨 일을 겪었느냐?"

"음."

형운은 잠시 눈살을 찌푸린 채 고민했다.

"이걸 뭐라고 해야 할지 잘 모르겠는데요? 일단 저는 빙령이라는 존재와 대화를 나누었어요."

"대화를?"

"네. 제 느낌으로는 그래요."

사람과 사람이 대화를 나눈다 함은 자신의 생각을 언어로 표현하여 주고받는 것이다. 하지만 빙령은 언어를 구사하는 존재가 아니었다. 분명히 지성과 의지가 있지만 인간과는 다른 방식으로 사고하며, 따라서 정신감응을 통해서 이루어진 대화는 인간끼리의 대화와는 전혀 다른 경험이었다.

"하지만 왠지… 낯설지 않았어요."

생전 처음 해보는 경험인데도 어딘가 익숙했다. 왜 그런가 하고 생각해 보니 금세 답이 떠올랐다.

"그건 마치 운기조식을 통해서 자기 몸과 대화하는 과정과 비슷했어요."

무공을 연마한 무인은 후천적으로 기감을 각성한다. 그로써 일반인은 인지하지 못하는 기(氣)의 존재를 인지하게 된다.

기감으로 받아들인 정보를 자신이 상상한 형태로 심상에 그려냄으로써 기의 흐름을 파악하고 통제한다. 그것이 바로 심법을 통해 연마하는 내공의 요체다.

무인은 내공을 연마하면서 자신의 육체와 대화를 나눈다. 일반인은 자신의 체내에서 무슨 일이 일어나는지 모르지만, 무인은 안다. 몸 내부를 파악하고, 기의 흐름을 통제해서 원하는 상태로 조정해 나가는 과정은 언어를 배제하고 의념만으로 대화를 나누는 것과 같다.

빙령과의 대화는 그 느낌을 닮았다. 형운은 빙령과 한 마디 말도 나누지 않았지만 정신감응을 통해서 빙령이 자신에게 무엇을 알려주고 싶어 하는지, 무엇을 원하는지 알 수 있었다.

형운이 물었다.

"어, 그런데 하루가 넘게 지났다면… 바깥 상황은 어떻죠?"

"모르지. 나도 안 나가봤으니까."

"……."

"거 나도 내상을 입은 몸이란 말이다. 여태까지 네 상태 지켜보면서 운기조식하고 있었다."

"아, 죄송합니다. 내상은 이제 괜찮으신가요?"

"하루 만에 뚝딱 나았으면 얼마나 좋겠냐. 차라리 지상에서 운기조식할 수 있었으면 좋았을 것을."

비록 한서우가 마인을 사냥하는 마인이라는 별종이기는 하지만 마인이라는 사실이 어디 가지는 않는다. 그에게 가장 도움 되는 환경은 바로 마기가 농밀한 공간이었다.

"뭐 그래도 어느 정도는 회복되었다. 나머지는 지상에 가서 흑영신교 놈들을 잡아먹어서 영양 보충을 하면 얼추 해결되겠지."

"영양 보충이요?"

"지상에는 마인들이 정말 많고, 나한테 마인은 참 좋은 영양 공급원이지."

"……."

자세히 설명하지 않아도 무슨 말인지 알 것 같다. 마공 중에는 타인의 기운을 강제로 흡수하는 흡성대법(吸星大法) 같은 사악한 비술이 존재하지 않던가?

한서우가 말했다.

"자, 그러면 가보자꾸나, 애송아."

그리고 형운은 한서우를 따라서 지상으로 나왔다. 빙령이 있는 곳은 수백 장 깊이의 지하였지만 한서우의 경공은 격이 달라서 형운을 업은 채로 깎아지른 벼랑을 타고 오르다가 하늘로 날아올라서 그대로 백야문까지 도달했다.

2

서하령은 넋이 나간 표정으로 형운을 바라보았다. 혹시 지금 자기가 꿈을 꾸고 있는 걸까? 살면서 한 번도 그런 생각을 해본 적이 없거늘, 이 상황이 주는 충격이 너무나도 컸다.

"살아 있었어……?"

"죽을 뻔하기는 했는데, 뭐 그럭저럭… 우왁!"

멋쩍은 표정으로 머리를 긁적이던 형운이 기겁해서 비명을 질렀다. 멍청하니 그를 바라보던 서하령이 어느 순간 기습적으로 발차기를 날렸기 때문이다. 생각지도 못한 기습을 감극도로 막아낸 형운이 어이없어하며 말했다.

"야! 서하령! 무슨 짓이야!"

"아니, 혹시 가짜가 아닌가 해서 그만."

"……."

형운의 표정이 구겨졌다. 하지만 이내 그녀의 상태를 알아차리고는 한숨을 쉬었다.

"당장 들어가서 치료를 받아도 모자랄 몸으로 그런 짓을 하다니……."

그러던 중 형운은 주변에 쓰러져 있는 진예와 마곡정을 발견하고 표정이 굳어졌다. 서하령이 위험에 처한 걸 보고는 한서우에게 여기 내려달라고 부탁했는데 이제 보니 상황이 엄청 심각하지 않은가?

그때 교주가 형운을 보며 고개를 갸웃했다.

"혼마여. 설마 이자가 내 반려가 예지한 존재라고 말하려는 것이냐?"

"내 느낌으로는 그런 것 같다만?"

"흠. 느낌이 묘한 자이기는 하다만… 성운의 기재도 아니고 별 부스러기도 아니다. 분명 별의 힘을 지니고 있거늘, 뭔가 다르군."

교주는 예전에 서하령이 일월성신을 이루기 위해 반년 동안 잠들어 있던 형운을 볼 때와 비슷한 느낌을 받고 있었다.

교주가 물었다.

"그대는 누구인가?"

"그러는 넌 누구야? 남이 누군지 물을 거면 자기 정체부터 밝히지그래?"

"오호. 그러고 보니 그대와는 초면이구나. 나는 위대한 흑영신의 화신이니라."

"흑영신교주?"

형운이 경악했다. 근거는 없지만 흑영신교주 하면 왠지 눈빛부터 사악함이 풀풀 풍기는 괴물 같은 노인네일 줄 알았다. 그런데 자기와 비슷한 또래에 준수한 용모의 소유자라니?

서하령이 말했다.

"그는 전설 속의 극마지체야."

"엥?"

"그리고 인간과 대마수 사이에 태어난 혼혈이기도 해."

"…뭐 신상 명세가 그렇게 호화찬란해?"

"전설과 전설이 하나로 모인 존재를 눈앞에 둔 감상이 고작 그거야?"

"솔직히 난 그거보단 흑영신교주라는 게 훨씬 놀라운데? 뭐 신상 명세만 보면 위해극하고 비슷한 수준이네."

"……."

대수롭지 않다는 듯 말하는 형운을 보며 서하령은 어이없어하는 표정을 지었다.

하지만 틀린 말은 아니다. 확실히 위해극은 교주 이상으로 기적 같은 존재라고 봐도 좋았다.

그래도 이미 그런 존재를 한번 봤으니 교주를 보고도 그러려니 하는 걸 대범하다고 해야 하나 생각이 없다고 해야 하나?

그때 교주가 물었다.

"원하는 대로 내 소개를 했는데, 그대의 소개를 들으려면 얼마나 더 기다려야 하겠는가?"

"아, 미안. 근데 내 소개를 하기 전에 한 가지만 짚고 넘어가고 싶은데, 교주라서 그런 건지는 모르겠지만 너 진짜 말투 이상하다."

"오늘 그런 말을 두 번째 듣는구나."

"역시 나만 그렇게 생각한 게 아니었군? 뭐 좋아. 난 형운이다. 별의 수호자 소속이며, 영성 귀혁의 제자지."

"호오, 그대가 바로 흉왕의 제자였구나! 죽었다고 들었는데 혼마가 살려놓은 건가?"

교주는 이군혁을 통해서 형운의 사망을 보고받았다. 그에게 보고받은 내용으로 보면 절대 살아날 수 없을 것 같았거늘, 차림새가 누더기 꼴이기는 해도 완전히 멀쩡해 보이지 않는가?

　"흐음. 말로만 듣던 흉왕의 제자를 이 눈으로 보니 실로 흥미롭도다. 그간 들어왔던 것과는 천양지차로구나."

　"뭔 말을 들었는데? 짧게 말해봐."

　"흠. 한마디로 말하자면……."

　교주가 잠깐 고민하더니 말했다.

　"참 별거 없는 놈이더라, 하는 이야기만 들었다."

　"……."

　"그런데 아무리 봐도 그렇게 별 볼 일 없어 보이지는 않는구나. 세상에 드러나지 않았기에 정보가 부족했던 모양이야."

　교주가 웃으며 손을 들었다.

　"하지만 그대는 이 무대에 올라올 자격이 없노라."

　동시에 흑영신교도들이 주변을 포위하고 다가오기 시작했다. 가장 선두에는 가면을 벗고 흉흉한 눈빛을 발하는 이군혁이 있었다.

　"완전히 끝장냈다고 생각했거늘, 살아 있었을 줄이야."

　"너 따위한테 죽어주기에는 내가 좀 많이 아깝지. 그래서 살아난 거 아니겠냐?"

　"하늘이 너를 보살핀다고 여기나 보군? 그게 헛된 망상임을 알게 해주……."

"아니? 뭔 헛소리야? 하늘의 보살핌 따위는 기대해 본 적도 없어."

"음?"

진심으로 어이없어하는 형운의 표정에 이군혁이 주춤했다. 형운이 말했다.

"그동안 사부님이 나한테 들인 돈이 얼만지 알아? 너 따위 싸구려한테 죽어주기에는 내 몸값이 너무 높다 이거야."

"……"

상상도 못 한 발언에 이군혁이 할 말을 잃었다. 그건 서하령도 마찬가지였다.

"…그건 좀 아닌 것 같은데."

형운은 싹 무시했다. 그런데 그때였다.

"공자님!"

절실한 외침이 울려 퍼졌다. 모두 놀라는 순간, 흑영신교도들의 포위망 바깥쪽에서 한 사람이 길을 뚫기 위해 미친 듯이 검을 휘둘렀다.

형운이 놀란 표정으로 외쳤다.

"가려 누나!"

가려였다. 형운이 등장했을 때, 가려가 느낀 놀람은 서하령보다도 훨씬 컸다. 형운이 죽었다고 여겨서 마음이 죽어버렸던 그녀는 믿을 수 없는 현실 앞에 어안이 벙벙해졌다. 그리고 다음 순간에는 자기도 모르게 자기 위치에서 이탈해서 이곳으로 달려오고 있었다.

하지만 흑영신교도들은 호락호락하지 않았다. 포위망을 뚫고 형운에게 가려고 했던 가려는 오히려 그들에게 맹공을 받았다.

그때 한서우가 말했다.

"이런 건 왠지 한 손 거들어주고 싶어지는 법이지."

그가 손을 들어 올렸다. 그러자 짙은 어둠이 일어나서 으르렁거린다. 마치 아가리를 벌리고 적을 위협하는 맹수처럼 흉포하고, 그러면서도 바람에 따라 흘러 다니는 안개처럼 자유자재로 변화하는 어둠의 파도가 쏟아졌다.

콰콰콰콰콰!

가려를 공격하던 흑영신교도들이 기겁해서 몸을 피했다. 한서우가 날린 어둠의 파도가 어느 순간 수십 개의 창처럼 형상을 변화시키며 그들을 노렸기 때문이다.

더 놀라운 일은 그다음이었다. 가려는 자기도 모르게 경탄성을 흘렸다.

"아……!"

그저 다수의 적을 상대로 마구 쏘아낸 공격처럼 보였던 한 수는, 놀랍도록 정밀하게 통제된 공격이었다. 흑영신교도들이 그 공격을 피하자 거짓말처럼 가려와 형운 사이에 길이 열리는 게 아닌가? 가려는 어떤 위협도 받지 않고 형운에게 당도할 수 있었다.

"공자님!"

형운 앞에 도달한 가려가 복면을 벗었다. 격한 싸움을 거쳤기 때문일까? 척 봐도 안색이 초췌했다.

"정말로… 공자님이십니까?"

"네, 저예요."

"죽지 않으신 거군요."

"살아 있었어요."

그렇게 말한 형운이 볼을 붉혔다.

"바로 돌아오지 못해서 미안해요."

"정말로……."

홀린 듯이 형운을 바라보며 말하던 그녀의 목소리가 잠겨 들어갔다. 그리고 눈에서 왈칵 눈물을 쏟았다.

"어, 누, 누나?"

형운이 당황했다. 가려가 고개를 숙인 채 흐느꼈다.

"저, 저는… 공자님이 죽으신 줄만 알고… 저 때문에 공자님이… 으흑, 흐흐흐흑."

"어, 어어어… 울지 마세요."

형운은 허둥거렸다. 가려가 자기 때문에 눈물을 쏟다니, 상상도 못 해본 일이라 어떻게 대처해야 할지 감조차 잡히지 않았다.

고맙게도 그 상황을 정리해 준 것은 적이었다.

쾅!

폭음이 울리며 형운의 손이 은밀하게 다가온 흑영신교도의 공격을 막아냈다. 가려의 등 뒤를 노린 그 일격에 형운의 눈이 치켜 올라갔다.

"감히 누구한테 칼을 들이대!"

분위기 파악도 못 하는 것들이 감동의 재회를 방해하다니! 형운의 눈에서 불꽃이 튀었다.

자연스럽게 가려의 몸을 안고 돌려서 자기 뒤에다 놓은 형운이 앞으로 나아갔다. 기습이 실패한 흑영신교도가 뒤로 빠지고 있었지만 형운이 더 빠르다. 형운의 주먹을 흑영신교도가 막아내지만 그 순간 진정한 노림수가 발동한다.

'무심반사경!'

감극도는 흔히 절세의 방어 무공이라 불린다. 하지만 어디까지나 특성상 방어에서 빛을 발하기 쉬울 뿐이지, 귀혁이 딱히 방어에 특화된 형태로 창안한 것은 아니다.

경우의 수까지 설정해서 무심의 경지로 대응수를 펼치는 무심반사경은, 상대에게는 악몽 같은 공격으로 다가올 수도 있었다.

퍼엉!

흑영신교도는 자기가 뭐에 맞았는지도 모르고 절명했다. 분명 첫 공격을 잘 막은 것 같은데 이쪽이 미처 다음 움직임을 결정하기도 전에 눈앞에 뭐가 번쩍하는 것 같더니, 그리고 더 이상 아무것도 알 수 없었다.

"흠."

주먹을 거둔 형운이 쓰러지는 흑영신교도를 바라보았다.

원래는 아직 실전에서 써먹을 자신이 없었던 기술이었다. 그런데 지금은 너무나도 자연스럽게 해냈다.

'하지만 아직이야.'

혼마, 그리고 빙령과 만나서 얻은 것들은 고작 이 정도가 아니다. 형운 자신도 실전에서 다 꺼내보기 전에는 그게 얼마나 되는지 알 수 없을 것이다.

형운은 눈빛으로 적들을 견제하면서 서하령과 가려에게 전음을 날렸다.

─누나, 일단은 상황을 수습해야겠어요. 하령이와 곡정이, 진에 소저를 보호해 주세요.

빠져나가라고는 할 수 없었다. 주변은 완벽하게 포위되어서 교주가 원하는 사람만이 이 안으로 들어올 수 있었으니까.

가려는 붉게 충혈된 눈으로 형운을 바라보았다. 뭔가 하고 싶은 말이 잔뜩 있는 기분이었지만, 정작 입을 벌리니 아무 말도 나오지 않는다. 가려는 울컥 치솟는 감정을 애써 누르면서 대답했다.

—예.

그때 교주가 말했다.

"흉왕의 제자여, 그대는 이 무대에 설 자격이 없다고 말했노라. 나의 충실한 교도들이 그대를 끌어 내릴 것이다."

"그게 네 마음대로 될까?"

"혼마를 믿고 유세를 떠는 것이냐? 헛된 희망이다. 버리거라."

그 말에 한서우가 반응했다.

"애송아, 지금 이 시원찮은 것들 믿고 유세를 떠는 것이냐? 헛된 희망이니 버려라."

3

어느새 한서우의 주변에 열 명도 넘는 흑영신교도들이 널브러져 있었다. 그리고 한 명은 그의 손에 목이 잡혀서 부러진 채로 대롱대롱 매달려 있었는데…….

'진짜 흡성대법인가?'

형운이 깜짝 놀랐다. 한서우가 발하는 어둠에 휩싸인, 목이 부러진 교도의 시체가 급속도로 변화하고 있었다. 몸이 쪼그라들고 피부가 수분이 다 증발해 버리는 것처럼 퍼석퍼석해진다. 누가 봐도 몸의 기운을 빼앗기고 있음을 알아볼 수 있는 광경이었다.

한서우가 볼일이 끝났다는 듯 흑영신교도의 시체를 던져버렸다. 그의 몸에서 흘러나오는 어둠이 한층 더 짙어졌다. 마치 주변에 흐르는 마기와 호응하는 것 같았다.

"이 더러운 기운 속에서 강해지는 건 너희만이 아니란다."

"알고 있노라."

교주는 한서우가 성큼성큼 다가오는 상황에서도 여유를 잃지 않았다.

"혼마여, 나는 신녀의 예지가 그대를 가리킨다고 여겼음을 말했다."

"그게 뭐?"

"그런데 설마 아무런 대비도 하지 않았을 거라고 여겼느냐?"

그오오오오……!

동시에 교주의 몸에서 무지막지한 기운이 뿜어져 나왔다. 격한 어둠의 파동이 주변에 쏟아지니 한서우조차도 주춤할 정도였다.

"분명 마기는 우리의 양식일 뿐만 아니라 그대의 양식이기도 하지. 사실이다. 하나 지금 이 순간, 이 공간은 우리의 것이니라."

교주는 현계와 마계의 경계를 흐트러뜨리는 이 기환진의 중심이었다. 흑영신의 가호가 임한 그는 다른 기환술사들이 알면 기절초풍할 만한 이적을 준비하고 있었다.

"암천령(暗天靈), 나서거라."

"그 말씀만을 기다리고 있었습니다."

검은 안개 저편에서 음산한 목소리가 들려왔다. 그리고 온통 검은 옷을 걸치고 얼굴에는 검은 태양이 그려진 가면을 쓴 자였다.

한서우가 놀랐다.

"팔대호법을 도대체 몇이나 데리고 행차한 거냐, 이거?"

설산검후 이자령과 싸우고 있는 흑운령과 흑서령, 선검 기영준과 싸우고 있는 암서령과 암운령, 그리고 백야문의 태상문주 오운혜와 싸우고 있는 흑월령(黑月靈)까지의 다섯 명이 백야문 공략을 위해 투입되었다는 것만 해도 놀라 자빠질 일이다. 그런데 한서우를 상대하기 위해 암천령을 대기시켜 두고 있었단 말인가?

"암천령이 그대의 상대가 되기에 부족하다 여기겠지? 그래서 또 준비해 두었노라."

크워어어어!

늑대를 닮았으나 훨씬 흉악한 악귀의 얼굴을 가졌으며, 털은 짙은 검회색에 붉게 타오르는 거대한 마수가 울부짖었다.

"본 교의 수호마수 흑염랑(黑炎狼)이니라."

흑영신교의 수호마수들은 흑영신이 직접 현세로 내려보낸 강대한 존재다. 흑염랑은 20년 전, 흑영신교를 토벌할 때도 무시무시한 활약을 펼친 바 있었다.

"그때 죽었을 텐데, 흑영신이 새로 하나 내려보냈나? 거참."

한서우는 한입에 자신을 삼킬 수 있는 거대한 덩치를 자랑하는 흑염랑을 앞에 두고도 여유 만만했다. 그가 피식 웃으며 교주를 바라보았다.

"덩치 큰 짐승 하나에 20년 동안 땜빵으로 키운 팔대호법으로 나를 막겠다? 애송아, 진심으로 격이 맞는다고 여기는 게냐?"

"맞을 것이다."

교주가 웃었다. 그러더니 양손을 모아서 들어 올렸다.

"왜냐하면 그대를 위해 번천(?天)의 비술을 준비했기 때문이지."

"번천의 비술?"

하늘을 뒤집는다니, 척 들어봐도 범상치 않은 이름이다. 한서우가 긴장하는 순간이었다.

쿠구구구구……!

주변 공간이 뒤흔들리면서, 검은 안개의 모습을 한 마기의 흐름이 한층 격해졌다. 그것이 한서우의 주변을 포위하듯이 소용돌이치기 시작한다.

한서우는 이 현상을 파악하느라 망설이지 않았다. 일이 벌어지기 전에 친다는 생각으로 곧바로 쌍장을 펼쳤다.

퍼퍼퍼펑!

폭음이 연달아 울리면서 어둠이 뒤흔들렸다. 하지만 한서우를 감싸는 소용돌이는 흔들릴지언정 깨지지는 않는다. 그리고…….

"자신을 이룬 것이 어디에서 왔는지 보게 될 것이다. 온통 적뿐인 곳에서 이기고 나올 수 있을지 두고 보자꾸나."

한서우의 귓가에 들리는 교주의 목소리가 급격하게 멀어지고 있었다. 밖에서는 그의 모습이 검은 안개의 기류에 휩싸여서 점점 투명해지는 걸로 보였다.

곧 한서우는 무슨 일이 일어났는지 깨달았다.

'젠장! 나를 마계로 보내서 격리하겠다? 흑영신의 힘인가!'

교주가 한서우가 나타날 것을 대비해서 아껴두고 있던 비장의 한 수가 바로 이것이었다. 극도로 농밀한 마기 때문에 마계와 현계의 경계가 흐릿해진 지금이 아니라면, 그리고 상대가 마인이 아니라면 쓸 수 없는 수였다. 마인인 한서우는 현계와 마계의 경계에서 마기에 이끌려 마계로 내던져졌고 암천령과 흑염랑이 그를 그곳에서 나오지 못하도록 막을 것이다.

"후우."

번천의 비술로 한서우를 마계로 격리시킨 교주가 긴 숨을 토했다. 미리 많은 것을 준비해야만 가능했던 이 술법은 그에게도 상당한 부담을 주었다. 오늘 밤이 끝나기 전에는 더 이상 큰 술법을 쓰지 못하리라.

"자, 그러면……."

교주가 다시 형운을 돌아보았다.

"지금도 똑같은 생각이더냐?"

"……."

형운이 헛숨을 삼켰다. 설마 한서우가 저런 식으로 자취를 감출 줄이야? 상상을 초월하는 술법이다.

느긋하게 앞으로 걸어 나오던 교주가 문득 멈춰 서서 말했다.

"흠. 둘만 해도 과하다 싶거늘, 셋이면 배가 불러서 터지지 않을까 걱정이로군."

동시에 안개처럼 흐르는 어둠을 헤치고 허허로운 빛이 솟구쳤다. 그 속에서 은신하고 있던 흑영신교도를 베어버리면서 한 사람이 장내로 난입했다.

"형운 그놈은 내 먹잇감이야. 어디서 새치기를 하려고 그래? 나랑 먼저 한판 뜨자, 이 자식아."

전혀 도사답지 않은 말투로 쏘아붙이는 가신우였다.

4

기영준이 강대한 적들을 맞아 경천동지할 싸움을 벌이는
동안, 다른 태극문도들도 파도처럼 쏟아지는 적들의 맹공을
버텨내야 했다. 기영준이 전음으로 내린 지시에 따라 하나로
뭉쳐서 더 많은 아군들과 합류하기 위해 이동하던 중, 형운과
혼마 한서우가 등장하자 가신우는 눈을 휘둥그레 떴다.

'저 자식! 살아 있었어!'

가신우는 적들의 상태를 살펴보다가 길을 열 수 있겠다 판
단한 순간 주저 없이 뛰어들었다.

소윤이 말리는 걸 뿌리치고 달려올 때는 혈투를 각오했었
다. 그런데 흑영신교도들은 기분 나쁘리만치 쉽게 그에게 길
을 열어주었다.

"야! 형운!"

"가신우?"

그를 본 형운이 눈을 크게 떴다. 가신우가 말했다.

"역시 살아 있었군! 내가 설욕하기도 전에 네놈이 죽는다
니, 말도 안 되는 일이지."

"뭐? 이게 지금 보자마자 뭔 헛소리야?"

"나는 천명을 받은 성운의 기재인데 하늘이 너 같은 놈한테 패배해서 찌그러진 채로 살게 둘 리가 없잖냐. 시련을 내렸으면 극복할 기회도 줘야지. 안 그래?"

"……."

형운이 멍청한 표정으로 그를 바라보았다. 너무 어이없어서 말이 안 나온다.

입을 뻐끔거리던 형운이 한숨 섞인 목소리로 물었다.

"아니, 넌 도사라는 놈이 어째 말하는 꼴이 그러냐?"

"너한테는 그래도 돼. 하여튼 이 상황을 타파하고 나면 나랑 한판 붙는 거다, 알겠냐?"

"거참. 뭐……."

형운이 피식 웃었다.

"그렇게 못 해줄 것도 없지."

보자마자 말도 안 되는 소리나 늘어놓는 놈이지만, 지금은 싫지 않다. 오히려 반갑다.

가신우가 말했다.

"약속한 거다? 그럼 저놈은 내가 맡지. 길을 열어봐라."

"음. 너한테 이런 말을 하게 될 줄은 몰랐는데……."

"뭐가?"

"고맙다."

"……."

형운이 웃으면서 한 말에 가신우가 홍 하고 코웃음을 쳤다. 그리고 교주에게 성큼성큼 다가가며 물었다.

"그러고 보니 혹시나 해서 묻는 건데… 네놈의 부하들, 혹시 성운의 기재만 골라서 네놈한테 바치는 거냐?"

가신우가 여기에 오려고 하자 흑영신교도들은 자연스럽게 길을 열었다. 그리고 도달하자마자 다른 태극문도와 그를 단절시켰다. 너무나도 노골적인 움직임이었다.

교주가 말했다.

"그러하노라. 차라리 잘되었군. 이 자리에서 셋을 모두 취하겠다."

"취하긴 뭘 취해, 이 자식아! 이 지저분한 기운으로 사람들 비리비리하게 만든 다음에 이기니까 진짜 네 실력으로 이긴 거 같냐?"

"흠. 거기에 대해서는 할 말이 좀 있긴 하지만, 그대에게는 구차한 변명으로밖에 들리지 않겠군."

교주가 실소했다. 확실히 실력 대 실력의 승부였냐고 하면 고개를 저을 수밖에 없다. 그의 눈이 빛났다.

"그럼 그대를 쓰러뜨리면 내 실력으로 이긴 게 되겠나? 선검의 제자여."

"해보자, 마교의 수괴야."

태극문의 내공심법 태극심공(太極心功)을 연마해서 선기로 내공을 이룬 가신우는 이 지독한 마기 속에서도 전력이 저하되지 않는다. 계속 싸우느라 피로가 쌓여 있기는 해도 제 실력으로 교주와 싸울 수 있었다.

그에게 서하령의 전음이 날아들었다.

―소협, 조심하세요. 그는 대마수의 혈손이며, 전설 속의 극마지체예요. 또한 6심의 내공을 가졌으며 그 힘이 이 공간에서 더욱 증폭되고 있습니다.

가신우는 교주의 신위를 잘 보지 못했다. 안개처럼 자욱한 흐르는 마기 때문에 시야가 제약되기도 했고 당장 몰아치는 적들과 싸우느라 그럴 여유가 없기도 했으니까.

서하령은 그 점을 염두에 두고 짧고 간결하게 가신우에게 정보를 전달했다. 가신우는 그녀를 흘끔 바라보고는 고개를 끄덕였다.

―조언 감사합니다, 소저.

교주가 만만치 않은 적이라는 건 가신우도 알고 있었다. 다른 건 몰라도 마지막에 진예를 쓰러뜨리는 한 수는 보았으니까.

'무엇보다 저 소저를 저렇게 만들었으니…….'

가신우는 아직도 황실에서 서하령이 진예를 상대로 보여 준 신기와도 같은 기술을 잊지 못했다. 같은 나이, 같은 성운의 기재인 그녀가 보여준 무위는 천유하와 형운에게 패배한 것만큼이나 충격적이었다.

비록 싸움 과정을 보지는 못했지만 그런 서하령을 상대로 승리했다면, 가신우도 패배를 각오해야 할 것이다.

'그래도 이긴다!'

가신우는 전의를 다지며 공격에 나섰다. 첫수는 교주의 반응을 볼 요량으로 신중하게 견제를 던지는데…….

팟!

교주는 그럴 줄 알았다는 듯 서하령에게 훔쳐 낸 기술을 사용해서 맞섰다. 일장을 쳐 내 가신우의 검과 맞부딪치는 순간, 절묘하게 힘을 빼서 공격을 헛되이 흩어지게 한다. 그리고 가신우가 그 기운을 다시 거두어들이는 순간을 노려서 힘을 가하면, 그 사소한 힘의 가감만으로도 내상을 입게 할 수 있었다.

"훙!"

하지만 가신우도 만만치 않았다. 교주가 반격기를 사용하는 순간 검극이 작은 원을 그리며 회전한다. 그로써 교주가 발한 힘을 흘려내고는 부드럽게 가속하면서 그 손목을 후려 쳤다.

거기에 교주가 다시 반격, 손과 검이 붙은 채로 힘의 가감만으로 서로의 호흡을 빼앗는 현란한 공방이 벌어졌다.

그것은 마치 수련의 한 장면 같았다.

권각술의 수련법 중에 청경(廳勁)이라 불리는 것이 있다. 서로 내민 발을 붙이고 손목을 딱 붙여서 댄 채로 힘의 가감만으로 상대방의 균형을 무너뜨리는 수련법이다.

두 사람은 마치 그 수련을 행하듯이 격렬한 공방을 주고받고 있었다. 물론 수련과 달리 그 이면에서는 상대에게 내상을 입히기 위한 살벌한 의도가 반복한다.

교주는 서하령이 하던 대로 상대가 발하는 힘의 흐름을 읽고 가감하는 방식으로 가신우의 호흡을 무너뜨리려고 한다. 그에 비해 가신우는 교주가 뭘 하든 검극으로 나선궤도의 원을 그리면서 그 여파를 흘려내고 교주의 호흡을 그 안으로 끌어들이려 하고 있었다.

교주가 감탄했다.

"재미있군! 과연 마공의 천적이라 불리는 무공답구나!"

이 조용하면서도 격렬한 공방의 기저에는 마기와 선기의 충돌이 있었다. 가신우가 발하는 선기의 정화력이 교주의 마기를 계속해서 흩어놓기에 생각만큼 힘을 집중시킬 수가 없었다.

서로 완전히 접촉해서 호흡과 균형을 겨루는 상황, 그리고 선기라는 특질이 압도적인 신체 능력과 내공의 차를 무력화한다. 가신우의 내공은 이제 갓 4심을 이루었을 뿐이지만 그것을 다루는 기술은 교주보다 우위였다.

그것은 시간이 지날수록 명확해졌다. 가신우의 검이 그려내는 원이 점점 커져 가면서 교주가 거기에 휘둘리기 시작했다.

"음!"

교주는 자기가 말려들어 갔다는 사실을 깨닫고 표정을 굳혔다. 이대로 가면 가신우의 의도대로 허점을 노출하게 된다. 그렇게 되기 전에 우격다짐으로라도 빠져나가야 한다.

하지만 교주의 그 생각이야말로 가신우의 의도였다.

교주가 내공을 폭발시키며 몸을 날리는 순간, 가신우가 그려내는 원이 급격하게 감속했다. 교주가 처음 일격에다 대고 날렸던 반격기를 고스란히 되돌려주는 일수였다.

스팟!

그리고 비틀거리는 교주의 시야 사각으로부터 검이 불쑥 솟아나서 볼을 스치고 지나갔다.

가신우가 혀를 찼다.

"칫. 얕았군."

완벽하게 잡았다고 생각했는데, 교주의 대응이 놀라웠다. 그 순간에 가신우가 그리는 원에 저항하기를 포기하고 오히려 몸을 내던지듯이 흐름에 몸을 실어버리는 게 아닌가? 상대를 원 속으로 끌어들여 통제하는 태극검에 철저하게 순응해서 피해를 최소화할 줄이야.

교주가 손을 들어 볼의 상처를 쓸었다.

"피를 본 것은 실로 간만이로고. 게다가 또래에게 당한 것은 처음이야. 신선한 경험이로군."

"그래? 그럼 익숙해지는 게 좋을걸. 더 많이 흘리게 될 테니까."

가신우가 빈정거렸다. 교주는 화내는 기색 없이 말했다.

"태극검이라. 놀라운 무공이다. 확실히 마공의 천적이라 불리는 무공답게 마공을 기반으로 해서는 모방하기 어렵겠어."

검술만이라면 훔칠 수 있을 것이다. 하지만 태극검은 워낙 근간에 깔린 철학이 명확한지라 일부만을 훔쳐 봤자 아무런 도움이 안 된다.

"저 소녀와는 다르지만 네 기술도 놀랍도다. 스스로의 재능을 갈고닦기를 게을리하지 않았구나."

"게을리할 만큼 여유가 있는 몸이 아니라서."

가신우는 말하는 것과 동시에 뛰어들었다. 딱히 기습을 가하려고 한 것은 아니다. 무조건 선수를 취할 필요성을 느꼈기 때문이다.

'속도 차가 너무 커. 반격을 기본으로 생각했다가는 순식간에 당한다.'

잠시 붙어서 상대해 봤는데도 신체 능력의 무시무시한 격차가 실감되어서 등골이 오싹했다. 교주가 이쪽이 보여주는 기술에 탐닉하고 있어서 그렇지, 자신이 가진 것을 활용하는 데만 철저한 전술을 택한다면 위험하다.

첫 공격을 찔러 넣고 상대방의 반응을 보면서 원을……

퍼엉!

그렇게 생각하는 순간, 교주가 원 안으로 거침없이 파고들면서 일장을 날렸다. 접촉하기도 전에 압도적인 힘이 폭발하면서 가신우의 검을 튕겨낸다.

뒤이어 강맹한 발차기가 맹습해 온다. 자세가 흐트러진 가신우로서는 도저히 받아낼 수가 없어 보이는 공격이었다.

팟!

하지만 다음 순간, 교주의 앞섶이 잘려 나갔다.

교주는 섬뜩함을 느끼며 가신우를 바라보았다. 거의 반사적으로 피하기는 했는데 가신우가 무슨 짓을 한 건지는 한 박자 늦게 이해했다.

'그것조차도 태극의 원이었단 말이더냐?'

기공파를 발해 원을 그리기 전에 막고 허점에다 필살의 일격을 날렸다. 그런데 가신우는 흐트러지는 자세마저도 이용해서 원을 그려냈다. 교주의 발차기를 스치듯이 받아내면서 시야의 사각에서 검을 휘둘러 온 게 아닌가?

마수의 피를 일깨워 반응 속도가 올라가지 않았더라면 당했으리라. 교주는 혀를 내둘렀다.

"크윽……."

하지만 놀라운 묘기를 보여준 가신우도 무사하진 못했다. 교주의 발차기에 실린 힘이 어찌나 강맹했던지 스쳐 받았는데 옷이 통째로 날아가고 어깨가 시큰거린다.

'쌍. 이놈 도대체 내공이 얼마나 되는 거야?'

정타로 맞은 것도 아니고 스쳤을 뿐인데 이 정도라니. 게다가 그 순간에 보여준 기술도 놀랍다. 가신우가 뭘 하는지 전혀 파악하지 못한 거 같은데, 스쳐 맞는 그 순간에 미미한 침투경이 더해졌다. 반격이 조금만 늦게 들어갔어도 침투경이 제대로 들어와서 내상을 입었으리라.

갑자기 황실에서 형운과 비무할 때가 생각난다.

'빌어먹을. 그 자식을 상대할 때를 대비해 둔 걸 이렇게 써먹을 줄은.'

그동안 상대가 내공과 신체 능력 양쪽에서 우위를 점하고 있을 때 대응하기 위한 기술을 깊이 연마해 왔다. 모든 것은 형운과 다시 싸울 때를 위해서였다.

그때였다.

"이럴 수가. 교주, 당신은……."

"음?"

가신우가 흘끔 목소리가 돌아온 곳을 돌아보았다. 한창 흑영신교도들을 상대로 격전을 벌이는 형운의 뒤쪽에서 서하령이 경악하고 있었다.

교주가 빙긋 웃었다.

"이제야 알아차렸나 보구나. 아까 밝히고자 했는데 쓸데없는 방해가 끼어들어서 말할 수 없었다."

"맙소사."

"뭐예요? 무슨 일인데?"

가신우가 영문을 알 수 없어서 물었다. 서하령의 목소리가 떨려 나왔다.

"마기가 너무 짙어서 못 알아봤어요. 하지만 어떻게 이런 일이 있을 수가……."

"스스로 말하지 않는 것은 인정하고 싶지 않아서인가? 그렇다면 내가 직접 말해주도록 하마."

교주가 선언했다.

"나 또한 성운의 기재이니라."

제27장
사람의 검

성운을
먹는 자

1

가신우가 교주와 맞서는 동안, 형운은 이군혁이 이끄는 흑영신교도들을 상대해야 했다. 서하령과 진예, 마곡정을 가려에게 맡기고 이들을 상대로 생로를 뚫어야 한다.

"이번에야말로 저승으로 보내주마."

이군혁이 흉흉한 목소리로 말했다. 순간 형운의 뇌리에 그에게 당해서 죽을 뻔한 기억이 떠오르면서 공포가 스멀스멀 기어 올라왔다.

하지만 형운은 심호흡을 한번 해서 그것을 물리쳤다.

'무서워서 덜덜 떨고 있을 때가 아니야.'

혼자만의 싸움이 아니다. 자신이 죽을 고비를 넘기고 기연까지 얻어서 여기에 서 있는 것은 분명 뒤에 있는 사람들을 구하기 위함이다.

뇌리에 귀혁의 가르침이 떠올랐다.

'죽음이 두려울 때야말로, 죽음을 각오하고 허세를 부려야 할 때다. 약한 모습을 보일수록 네가 죽을 확률만 높아진다.'

싸움에 임해서는 절대 약한 모습을 보이지 말라는 가르침과 같은 맥락이다. 형운은 의지를 쥐어 짜내어 오만하게 이죽거리는 표정을 만들었다.

"내가 할 소리다. 사람으로서의 가치가 너무나 싸구려라서 살아가기도 포기한 놈이 뭐 잘난 듯이 남을 저승으로 보내고 말고 해?

"뭣이? 입만 살아서는!"

이군혁이 발끈했다. 하지만 발끈한 주제에 자기가 덮쳐 오지는 않았다. 대신 그의 곁에 있던 흑영신교도들이 일거에 덮쳐 온다.

"스스로 나설 자신도 없는 자식이! 네놈은 무인 실격이다! 원한이니 복수니 하는 걸 논할 자격도 없어!"

형운이 일갈하며 그에 맞섰다. 푸른 섬광의 기류가 그의 몸을 휘감으면서 움직임이 무시무시하게 가속했다.

콰콰콰쾅!

다음 순간, 폭음이 울리며 흑영신교도들이 짓쳐 들어가던 기세 그대로 튕겨 나갔다. 이군혁이 경악했다.

'뭐냐, 이 속도는?!'

그가 쓰러뜨렸을 때와는 격이 다른 움직임이다. 그때도 감극도의 방어가 철벽이기는 했지만, 지금은 마치 시간을 빨리 돌린 것 같다. 사방을 포위한 흑영신교도들의 공격을 막고 반격하고, 그와 동시에 위치를 바꾸면서 다른 공격을 원하는 지점에 얽어서 처리해 버리는 것이 아닌가?

뒤이어 기공파가 노도와 같이 몰려왔다.

파파파파파파!

형운이 허공에 주먹을 쳐 낼 때마다 눈부신 별이 쏘아져 나왔다. 광풍혼과 연동되어 고속으로 쏘아내는 기공파, 유성혼이다. 형운이 한 호흡에 서른여섯 번의 주먹을 쳐 내니 그것은 도저히 피할 수 없는 파도와도 같았다.

이군혁과 흑영신교도들이 정신없이 그걸 막고 피했다. 한 발 한 발의 위력도 묵직하기는 하지만 워낙 빠르게 난사해서 정확도가 떨어진다.

그러나······.

"아, 이것도 되네."

형운이 흡족한 표정으로 말하는 것을 본 이군혁은 등골이 오싹했다. 뭐가 됐다는 것일까?

그 의미는 곧 알 수 있었다.

'이건……'

주변에 별들이 떠다니고 있었다.

어느새 형운의 몸에서 비롯된 광풍혼의 기류가 반경 10장 (약 30미터)까지 확장되었다. 그리고 형운이 마구 쏘아낸 유성 혼들이 헛되이 허공에서 스러지는 게 아니라 확장된 광풍혼의 흐름에 올라타고 주변을 회전하고 있었다. 마치 이군혁과 흑영신교도들을 포위하는 것 같은 형국이다.

그 한가운데서 형운이 무섭도록 차분한 눈으로 이군혁을 바라보며 명했다.

"유성우(流星雨)."

동시에 광풍혼의 흐름을 타고 회전하던 유성우들이 벽에 맞고 튕겨 나오듯이 안쪽으로 쏟아졌다. 불규칙하게 쏟아지는 유성우를 다 피하는 건 도저히 무리였다.

두두두두두!

"크악!"

"아아악!"

흑영신교도들의 비명이 울려 퍼졌다. 방출된 기공파는 시간이 지나면 응집력을 잃고 흩어지는 게 당연하다. 그러나 형운의 유성혼은 광풍혼의 흐름을 타고 가속하면서 오히려 더 강해졌다.

이군혁은 사력을 다해서 쏟아지는 유성우를 막았다. 그러면서 형운을 바라보았다.

'이건 통제되고 있는 게 아니야! 저놈 자신도 예외가 아니야!'

그의 판단이 옳았다. 불규칙하게 튀어나오는 유성우는 적만이 아니라 형운 자신도 노리고 있었다. 사방에서 형운을 노리는 유성우를 본 이군혁의 입가에 회심의 미소가 떠올랐다. 그러나 그것은 다음 순간 경악으로 바뀌었다.

형운을 때린 유성혼이 그 몸을 휘감은 광풍혼에 녹아들었다가 다시 흐름을 타고 튀어나오는 게 아닌가?

'이런 말도 안 되는 무공이!'

고수들이 기공파의 궤도를 자유자재로 조종하는 거야 대단하기는 해도 경악할 일은 아니다. 허공섭물로 실체가 있는 검과 같은 무기도 허공에 띄워두고 자유자재로 조종하는데 자신의 의념으로 빚어낸 기의 응집체를 조종할 수 있는 건 당연하지 않은가?

하지만 이런 건 상상조차 해보지 못했다. 점점 짙어지는 광풍혼의 기류가 그들을 가두고, 그 속에서 형운이 계속해서 쏟아내는 유성혼이 불규칙하게 튀어 다니면서 피할 수 없는 소나기가 되어 적을 친다. 그리고 형운만은 그 흐름 속에서 완전히 자유로우며 또한 유성혼의 궤도를 바꾸고 위력을 증폭시키는 축이 된다.

퍼퍼퍼퍼펑!

폭음이 울려 퍼질 때마다 흑영신교도들이 장난감처럼 날아갔다.

형운은 유성우를 펼치고 가만히 있지도 않았다. 틈틈이 유성혼을 쏘아내어 유성우를 유지하면서 직접 움직여서 흑영신교도들을 몰아쳤다.

흑영신교도들은 경악 속에서 짚단처럼 쓰러져 갔다. 그들 역시 마인으로서 내공이 4심에 이르는 정예이며 이 농밀한 마기 속에서 힘이 증폭되고 있거늘, 형운의 유성우는 재난과도 같아서 도저히 대적할 수가 없다!

"으으으으윽!"

이군혁도 만신창이가 되었다. 사령인이라 치명상은 면했지만 이 상태로는 도저히 승산이 없다.

'그 단기간에 도대체 무슨 일이 있었기에 이놈이 이런 괴물이 되었단 말이냐?'

사흘 만에 사람이 이렇게 달라질 수 있단 말인가? 이전의 형운은 나이에 비해 놀라운 무위의 소유자이기는 했지만 충분히 쓰러뜨릴 수 있는 적이었다. 그러나 지금은 아니다. 격이 다른 고수를 상대하는 것처럼 아득한 절망감만이 밀려왔다.

"인정할 수 없어!"

이군혁은 격노했다. 귀혁과 형운 때문에 모든 것을 잃었다. 그래서 그 원한을 갚고자 인간임을 버리고 끔찍한 고통 속에 몸을 던지기까지 했거늘 어째서 이런 일이 벌어진단 말인가?

"크아아아아!"

이군혁이 괴성을 지르면서 형운에게 달려들었다. 불규칙하게 튀어나오는 유성혼이 몸을 때렸지만 상관하지 않는다. 목숨을 도외시하고 마기를 끌어 올리면서 형운을 친다.

구우우웅……!

그러나 그가 형운에게 접근하는 순간, 둔중한 소리가 울려 퍼졌다.

'뭐야?'

마치 물속에 들어온 것 같은 압력이 몸을 짓누른다. 전광석화 같던 움직임이 답답할 정도로 느려져서 악몽에 집어삼켜진 기분이다.

그 앞에서 형운의 눈이 형형한 빛을 발한다. 그 눈빛을 마주하는 순간, 이군혁의 날아갔던 이성이 돌아오면서 공포가 몰려왔다.

'중압진(重壓陣).'

막대한 압력으로 적을 짓누르는 공간 속에서 오로지 형운만이 자유로웠다. 흡사 서로의 시간축이 어긋난 것처럼, 느려진 이군혁에게 형운이 섬전 같은 움직임으로 주먹을 날렸다.

쾅!

폭음이 울리고, 그리고 이군혁의 사고가 거기서 끊겼다.

털썩!

몸이 반파된 끔찍한 몰골로 이군혁이 쓰러졌다. 형운은 중압진과 유성우를 거두어들이고 긴 숨을 내쉬었다.

"후우우……."

이전에도 형운의 내공이 심후하기는 했지만 이 정도는 아니었다. 실로 압도적인 내공이 이군혁과 그를 따르는 수십 명의 흑영신교도를 쓸어버렸다.

형운은 주변을 보며 전율했다. 자신이 한 일이 스스로도 믿기지 않았다.

'그러나…….'

인정해야 한다. 마치 백일몽을 꾸는 듯한 기분이지만, 이 모든 것이 현실이라는 것을 단단히 인식해야만 모든 힘을 끌어낼 수 있으리라.

그오오오오오!

그때 이 세상의 것 같지 않은 울부짖음과 함께 무시무시한 기파가 기감을 엄습했다. 형운이 깜짝 놀라서 뒤를 돌아보니, 어느새 수십 장이나 떨어진 곳까지 옮겨 간 가신우 앞에서 해

일 같은 어둠이 일어나고 있었다.

"가신우!"

형운이 자기도 모르게 그의 이름을 외쳤다.

2

세상에 알려진 이번 세대 성운의 기재는 여덟 명이었다. 하지만 그중 한 명, 위진국의 사검우는 흑영신교주가 죽었다고 선언했으니 이제 일곱 명이 남아 있는 셈이다.

그런데 한 명이 더 있었다. 바로 사검우를 죽인 흑영신교주 본인.

교주가 스스로 밝힌 사실에 비로소 가신우도 경악했다.

"너도 성운의 기재라고?"

믿을 수 없는 이야기였다. 성운의 기재끼리는 서로가 지닌 별의 힘을 감지할 수 있었다. 하지만 가신우는 교주에게서 그런 느낌을 받지 못했는데…….

'아니, 잠깐.'

그렇게 생각했는데 지금은 또 느껴진다. 이게 어떻게 된 일이란 말인가?

"거기 소녀가 말한 대로다. 위대한 흑영신의 의지가 내게 임하고 있어 너희의 눈이 흐려진 것뿐."

도가 무공의 선기가 마기를 흐트러뜨리면서 서로 공명하는 별의 힘을 드러냈다. 그 느낌은 잠깐 시간이 흐르면서 마기가 정상화되자 다시 그 속에 파묻혀 사라져 버렸다.

서하령은 자기가 파악해 놓고도 도저히 믿을 수가 없었다.

대마수와 인간 사이에서 태어났고, 전설 속의 극마지체이며, 거기에 성운의 기재이기까지 하다고?

서하령만 해도 세상에 이런 존재가 있다는 걸 믿을 수 없을 정도로 희소한 재능 둘이 하나로 모여 있다. 그런데 교주는 그런 그녀를 능가하는 기적적인 예외였다.

'말도 안 돼.'

이러면 자신이 당한 것도 이해가 간다.

신체의 잠재력은 더 이상 좋을 수가 없을 정도로 뛰어나다. 내공은 어떤 마인보다도 많은 특혜를 받으면서 상식을 초월했다. 그리고 수많은 마공을 제한 없이 접할 수 있는 흑영신교주의 신분으로 자라나, 극마지체의 재능으로 그 모든 것을 자신의 그릇에 우겨 넣었다.

그런 기반이 교주가 이 싸움 속에서 폭발적인 성장을 이룰 양분이 되어주었다. 성운의 기재로서 타고난 자질이 상대방의 기술을 순식간에 흡수해서 터득하게 하니, 교주의 무공은 서하령과 처음 대치했을 때와 비교하면 현격하게 향상되었다.

문득 교주가 말했다.

"그대와 같은 존재가 우리의 적이 될 천명을 받고 태어난 것부터가 나를 세상에 내보내기 위함이었느니라."

"뭐라고?"

"더 설명해 봤자 연옥에서 고통받는 가엾은 머리로는 이해할 수 없을 것이다. 그저 저 높은 곳에서 천기를 다루는 위대한 의지라고만 알아두거라."

교주는 그렇게 말하고는 가신우를 향해 손을 뻗었다.

"자, 그럼 놀이는 여기까지 해두자꾸나. 슬슬 별의 힘을 취해야겠으니."

교주가 거침없이 기공파를 쏘아냈다. 어둠이 때로는 성난 파도처럼, 때로는 소나기처럼, 그리고 때로는 광풍처럼 휘몰아쳐 온다.

퍼어어엉! 퍼퍼펑!

가신우는 기겁해서 전력으로 피하는 데 집중했다. 한 대라도 맞았다가는 뼈도 못 추릴 위력이었다.

6심에 달하는 내공, 절세의 마공들, 기를 다루는 절묘한 감각이 더해지니 그 공격은 이미 국지적 재난이었다. 기술을 겨루기는커녕 다가갈 수도 없을 정도로 막강한 파괴의 향연이다.

순식간에 두 사람의 거리가 20장(약 60미터) 이상 벌어졌다. 그저 6심의 내공을 가진 것만으로는 공격이 어려운 거리다. 하지만 주변에 흐르는 농밀한 마기가 마치 교주가 발하는 기공파를 공손히 받쳐 들고 가신우에게로 실어 나르는 것 같았다.

"큭!"

하지만 가신우의 대응은 현란했다. 워낙 광범위하게, 그리고 빠르게 휘몰아쳐 오는 기공파 난사를 다 피할 수는 없다. 그렇다고 정면으로 받았다가는 방어째로 부서질 것이다.

그렇다면 흘려낸다. 피할 수 있는 것은 최소한의 움직임만으로 피해내고, 그렇지 못한 것은 태극검의 원운동으로 흘려내면서…….

'태극역반경(太極易反鏡)!'

쾅!

쏘아낸 본인에게 되돌려준다!

가신우의 내공으로 교주와 기공파 싸움을 했다가는 순식간에 압살당한다. 하지만 태극역반경으로 본인의 기공파를 고스란히 되돌려준다면 교주도 손을 멈출 수밖에 없다.

되돌아온 자신의 기공파를 방어해 낸 교주가 감탄했다.

"정말 벗겨도 벗겨도 심이 안 보이는 양파 같은 검예로고!"

"양파를 직접 벗겨본 적은 있냐?"

한 호흡 만에 가신우가 다시 거리를 좁혔다. 자신이 되돌린 기공파의 뒤에 몸을 감추듯이 따라붙는 움직임에 한순간 교주가 그의 기척을 놓쳤다.

"흠!"

그러나 교주에게는 압도적인 내공이 있다. 발로 땅을 찍자 그 지점으로부터 원형으로 충격파가 터지면서 전방위를 휩쓸었다.

콰콰콰콰!

다음 순간 일어난 일은 교주의 이해를 벗어났다. 분명 전방위를 휩쓸었으니 어떤 식으로든 반응이 왔어야 한다. 그런데 아무것도 걸리는 느낌이 없다. 그리고 되돌아온 기공파를 막느라 잠시 차단된 시야의 사각에서 섬뜩한 예기가 감지되었다.

파학!

"이런……?"

교주가 충격으로 눈을 부릅떴다. 그의 상체가 깊숙이 베여 핏방울이 튀었다. 놀랍게도 가신우가 전방위로 방출되는 충격파를 아무런 반발도 없이 넘어서 그를 벤 것이 아닌가?

완벽하게 허를 찔렸다. 교주는 자기 앞으로 떨어지는 가신우를 보면서 뒤늦게 그 과정을 깨달았다.

'자연체를 이런 식으로 변형해서 쓰다니……!'

보통 자연체라고 하면 몸에서 완전히 힘을 풀고 공격을 진행 방향으로 받아넘기는 것을 말한다. 공격의 위력이 완전히 죽을 때까지는 뒤로 밀리기 때문에 공격으로 전환할 때까지 시간 차가 발생할 수밖에 없다.

하지만 가신우는 여기에 태극검의 원을 더해 교주의 허를 찔렀다.

전방위로 방출되는 충격파를 자연체로 받고, 곧바로 태극 역반경으로 되돌려 상쇄해 버린 다음 텅 빈 공간으로 뛰어든 것이다.

전환하는 것이 찰나만 늦어졌어도 목숨을 잃기 딱 좋은 짓이었다. 그런데도 주저 없이 행했고, 성공했다.

강호 역사상 이 나이에 이 경지에 도달했던 자가 얼마나 될 것인가? 이 순간 가신우가 보여준 한 수는 분명 강호의 내로라하는 고수들조차도 경탄할 만한 영역에 도달해 있었다.

'정녕 천명을 받은 재능의 소유자답구나!'

말을 할 수 있다면 기꺼이 찬사를 던지고 싶다. 그러나 격통으로 말이 나오지 않는다.

그 앞으로 가신우가 귀기 어린 표정으로 몸을 회전시키고 있었다. 한 번 일격을 먹이고 나서 다시 회전, 결정타를 먹이러 오는데 반응할 수가 없다. 몸이 받은 충격, 흐트러진 자세와 내력이 뻔히 다가오는 죽음을 고스란히 받을 것을 강요하고 있었다.

"교주님!"

그때였다. 그 앞으로 흑영신교도가 뛰어들어서 대신 가신우의 검을 맞았다.

"젠장!"

엉뚱한 피가 흩뿌려지자 가신우가 이를 갈았다. 절망적인 전력 차를 극복하기 위해 목숨을 걸고 승부수를 걸었거늘!

그리고 그에게 모습을 드러낸 흑영신교도들이 소나기 같은 공격을 퍼부었다.

'이런, 하필이면……!'

퍼퍼퍼퍼펑!

전심전력으로 공격을 쏟아낸 직후다. 그럼에도 가신우는 완벽하게 대응했다. 자기보다 내공이 명백히 우위인 흑영신교도들이 연수합격을 펼쳤는데도 귀신같은 움직임으로 그 모두를 흘려낸다. 아니, 그러려고 했다.

나선 궤도를 그리며 공격을 비껴내던 그의 움직임이 갑자기 주춤하더니 피를 뿌리며 날아갔다. 겨우 쓰러지는 걸 면하기는 했지만 서 있기 버거워하는 기색이 역력했다.

"으으으으윽……!"

위치 때문이었다. 하필이면 그의 뒤에는 태극문도들이 있었다. 가신우가 뛰쳐나간 후로 난전 속에서 둘로 갈라진 태극문도들 때문에 공격을 멈춘 채로 받아내야 했던 것이다.

"가 사형!"

울 것 같은 얼굴로 외친 것은 소윤이었다. 피투성이가 된 가신우는, 그녀에게 등을 보인 채로 말했다.

"주변이나 봐! 난 끄떡없다!"

뻔한 거짓말이다. 하지만 가신우는 이를 악물고 강한 척했다.

"…실로 수치스럽도다."

교주는 그런 가신우를 곧바로 덮치는 대신 탄식했다. 한숨 짓는 그의 상처가 급속도로 지혈되었다. 강대한 마수의 힘을 일깨우고, 거기에 흑영신의 가호가 더해지니 상처가 나아가는 속도가 재생력이라고 부르는 게 어울릴 지경이었다.

그 주변에 흑영신교도들이 부복한다.

"감히 교주님의 명을 어겼습니다. 부디 처벌을!"

교주는 자신과 성운의 기재들의 싸움에 결코 간섭하지 말 것을 명했다. 그런데 그가 위기에 처하자 교도들이 너 나 할 것 없이 몸을 날린 것이다.

교주가 고개를 저었다.

"나의 오만으로 소중한 교도의 목숨을 버렸으니, 이제 더 이상 유희에 전념하지 않겠느니라. 겸허하게 인정하지. 선검의 제자여, 그대는 무인으로서 나보다 위다."

그오오오오오!

무시무시한 울부짖음과 함께 교주의 등 뒤에서 악귀의 그림자가 일어난다. 사람의 그림자를 흉측하게 일그러뜨려 놓은 듯한 거대한 형상이었다.

"그대에게 경의를 표하며, 흑영신의 화신이 어떤 존재인지 보여주마. 이 장소, 이 시간에만 볼 수 있는 이적이니라."

"개소리를, 나불나불… 지껄이기는……!"

내상을 입은 가신우가 힘겹게 쏘아붙이고는 옆으로 움직였다. 이 위치에서 저 공격을 받았다가는 자신만이 아니라 동문들이 휘말린다.

'소윤이 저 계집애는 한 방에 죽을 거야.'

그런 생각으로 움직이려고 했지만 쉽지 않다. 내상 때문에 한 걸음 내딛는 것만으로도 힘들어서 충분한 거리를 확보할 수가…….

"가신우!"

그때 전혀 생각지 못한 목소리가 들려왔다. 가신우가 눈을 번쩍 뜨며 전음을 보냈다.

─형운! 제기랄! 부탁한다!

가신우가 자세를 잡으며 교주를 노려보았다.

─우리 문도들을 지켜줘라!

형운이 눈을 크게 떴다. 다음 순간, 지체 없이 땅을 박차고 질풍처럼 달려온다.

직후 교주가 죽음을 선고했다.

"가거라, 눈부신 별이여."

교주의 등 뒤에서 일어난 악귀의 그림자가 무시무시한 속도로 가신우를 맹습했다. 섬전 같은 속도로, 도저히 피할 수 없는 범위를 후려치는 공격이었다.

검은 폭풍이 가신우를 집어삼킨다. 그 속에서 가신우의 몸이 피투성이가 된 채 가랑잎처럼 팔랑거린다.

불현듯 지나간 일들이 떠올랐다.

3

천유하와 형운에게 패한 뒤, 가신우는 한동안 스승의 지시로 무공 수련을 쉬고 마음 수련에 전념해야 했다. 당장에라도 검을 휘두르고 싶은 마음에 답답해 미칠 지경이었지만 도사다운 공부에 전념할 수밖에 없었다.

그렇게 지낸 지 얼마나 되었을까? 스승이 물었다.

"신우야, 너는 왜 검을 들었느냐?"

"음? 어, 그러니까… 왜 검도의 극의를 추구하느냐, 그런 질문이신가요?"

"그런 거창한 질문은 아니다. 그저 처음으로 네가 검을 들었던 계기가 궁금한 거란다."

"글쎄요. 별로 대단한 이유는 아니었는데요?"

"그래도 말해보거라."

"동생 때문에요."

가신우에게는 두 형과 여동생 하나가 있었다. 여동생은 동네에서 이름을 대기만 하면 사내아이들도 벌벌 떠는 왈가닥으로 어렸을 때부터 싸움질을 안 하는 날이 드물어서 부모는 저걸 도대체 어떻게 시집보내나 걱정이 태산이었다.

어느 날, 동네에 새로 이사 온 녀석 하나가 여동생과 싸움이 붙었다. 또래의 사내아이들을 계속 쓰러뜨려 온 여동생이 일방적으로 두들겨 맞고 울면서 돌아오자 가신우는 그놈을 가만두지 않겠다며 팔을 걷어붙이고 나섰다.

문제는 가신우가 성격은 별로 안 좋았어도 나름 좋은 집안의 도련님이었다는 것이다. 여동생이 좀 막 나갔던 것뿐이지 그는 골목대장 놀이에 관심이 없어서 아이들과 싸우고 살지 않았다.

즉 이 당시에 가신우는 무예는커녕 싸움을 해본 경험도 거의 없는 몸이었다. 그에 비해 상대는 어려서부터 무예를 배운 녀석이었다. 당연히 가신우도 얻어터지고 들어왔다.

"뭐 그래서 한바탕 끙끙 앓고 일어난 다음에 검술 도장으로 달려갔어요."

그것이 가신우가 검을 들게 된 계기였다. 곧바로 동네에 검술 도장에 들어가서 검술을 배웠고, 두 달 후에는 복수전을 펼쳐서 승리를 거두었다.

그 후로 가신우는 자주 싸움에 휘말렸다. 보통 자기가 원해서 하는 건 아니고 여동생이 울며불며 매달리면 얼굴도 모르던 녀석과 싸우느라 불려 가는 일이 잦았다.

이야기를 들은 기영준이 어처구니없어했다.

"아니, 오빠로서 여동생이 그러면 싸움을 하지 말라고 지도해야 할 것 아니냐?"

"그게 옳다는 건 아는데, 누가 제 여동생을 핍박했다는 소리를 들으면 머리에 피가 올라서 그만."

그런 어린 시절을 지냈기 때문일까? 가신우는 자기보다 어린 여자애들에게 유독 약했다.

입으로는 험한 소리를 해서 겁먹게 하면서도 아프다면 돌봐주고, 위험하면 구해주고, 일 못해서 쩔쩔매면 사람 팍팍 무시하는 잔소리를 해대면서 도와주었다. 이쯤 되면 여자들에게는 호구 취급을 당해도 이상하지 않은데 다들 무서워하기만 하니, 그의 인상이나 행동거지가 얼마나 오만하고 험악한지 더 설명할 필요가 없으리라.

기영준을 따라 태극문의 제자로 입문한 후에도 달라지는게 없었다. 그런데 단 한 사람, 예외가 있었다.

"가 사형은 왜 말을 해도 꼭 그렇게 해요? 도와주는 거야 고맙지만 혼자서도 할 수 있는 일이라구요!"

배분으로 치면 까마득한 어린 소녀, 소윤만이 첫 만남부터 겁먹지 않고 가신우에게 잔소리를 해댔다. 당시 열한 살이었던 그녀는 자신이 기영준을 따라 태극문으로 올 당시의 여동생과 같은 나이였는지라 참으로 묘한 느낌이 들었다.

그 후로 가신우는 종종 그녀에게 관심을 두었다. 무공이 잘안 풀려서 오만상을 찌푸리고 있으면 한두 수 지도해 주기도 하고, 지시받은 일을 실수해서 사고를 치면 투덜거리면서 감싸주기도 했다.

그러던 어느 날, 소윤이 말했다.

"가 사형은요, 우리 둘째 오빠 같아요."

"응?"

"전 아빠가 워낙 바람기가 왕성해서 배다른 오빠가 셋 있거든요."

"……."

엄청난 소리를 아무렇지도 않게 해서 가신우는 눈만 껌뻑거렸다. 천하의 그도 여기다 대고 무슨 말을 해야 할지 곧바로 떠오르지 않았다.

하지만 소윤은 개의치 않고 말했다.

"우리 엄마가 자주 울화통을 터뜨리시다가 병이 나서 일찌감치 돌아가시고 말았어요. 전 엄마 돌아가신 후로 집안 꼴이 보기 싫었는지라 친척 연줄로 태극문에 들어온 거고요."

보통 어린 여자애가 집을 떠나서 태극문도가 되는 건 그만한 사정이 있기 때문이다. 소윤은 그 사정을 담담하게 이야기했다.

"첫째 오빠는 재수 없고, 셋째 오빠는 한심해요. 그리고 둘째 오빠는 답답해요."

"답답해?"

"네. 본심하고 말이 다르거든요. 딱 가 사형 같아요."

"엥? 내가 어디가 그렇다는 거야?"

"그렇게 묻는 게 똑같아요. 차라리 말을 하질 말아요. 왜 좋은 일 하고도 평가를 깎아먹는담. 무공에는 천재 소리 들으면서 왜 사람 대할 줄은 몰라요?"

"……."

소윤은 마치 엄마처럼, 아니, 집안에 있을 때 엄마에게도 듣지 못한 잔소리를 재잘재잘 떠들어댔다. 그럴 때면 가신우는 늘 짜증을 냈지만, 진심으로 화를 낸 적은 한 번도 없었다.

4

희미한 빛을 머금은 검이 머리 바로 위에서 멈춰 있었다.

흑영신교주는 눈을 크게 뜬 채 한 치 앞까지 다가온 그 검을 바라보았다. 거기에 실린 힘이 조금만 더 컸다면 분명 머리가 두 쪽 나고 말았으리라.

"아… 하하하하."

그 검의 주인, 가신우는 허탈한 듯 웃고 있었다.

"딱 반 호흡 모자라네. 젠장."

그 말대로였다. 딱 반 호흡, 그만큼의 여유만 가신우에게 주어졌다면 교주는 죽었다.

교주는 전율했다.

이번에는 한 점의 의심도 없이 승리를 확신하고 있었다. 내상을 입고 기혈이 진탕해서 기의 수발이 제대로 이루어지지 않는 가신우를 인간을 초월한 힘으로 죽인다. 그것으로 상황이 끝났어야 했다.

'이것이 태극의 극의란 말인가.'

이 순간 교주는 가신우가 기영준을 보면서 느꼈던, 재능만으로는 도달할 수 없는 멀고도 아득한 느낌에 압도당했다.

검은 마기의 폭풍이 작렬하는 순간, 가신우는 마치 태풍 속의 가랑잎처럼 움직였다. 한 번의 공격을 흘려내는 데 그치는 게 아니라 겹겹이 쏟아지는 압도적인 힘의 파랑을 모조리 자연체로 받아낸 것이다.

어둠을 뚫고 한 줄기 빛이 솟아났다.

극도로 얇게 응축된 선기가 마기의 폭풍을 베어내면서 가신우가 원하는 틈을 만들었다. 본래대로라면 금세 밀려드는 어둠에 메워질 작은 틈이었다. 그러나 가신우가 그 틈으로 밀려드는 기운을 작은 원으로 감싸 다른 곳으로 흘려내니, 마치 둑에 생긴 작은 구멍이 커져 가듯이 무풍지대가 형성되었다.

그 속에서 가신우의 검이 그려내는 원이 무섭도록 가속하면서 확장되었다. 압도적인 마기의 파도를 모조리 자신이 그려내는 원의 흐름에 태워 보내면서 교주의 눈앞에 도달했다.

하지만 반 호흡이 모자랐다. 그리고 그것은……

"…그렇군."

교주가 쓴웃음을 지었다.

"보잘것없는 목숨 때문에 살길을 마다하다니, 애석하구나."

직전에 가신우가 태극문도들을, 정확히는 소윤을 지키기 위해 흑영신교도들의 공격을 받아 내상을 입었기 때문이었다.

비틀거리는 가신우가 키득거렸다.

"멍청한 녀석."

"무슨 뜻이냐?"

"너는 진짜… 아무것도 모르는구나."

자신이 곧 죽는다는 사실을 안다. 그런데 신기할 정도로 마음이 편안했다.

스스로가 하늘이 내린 재능으로 남들보다 높은 곳으로 가야 할 사명을 가졌다고 믿었다. 주변을 보는 겸허함을 깨달은 후에도 그 믿음만은 그대로라서, 자신이 특별한 존재이며 유일무이한 무언가를 이룰 존재임을 의심하지 않았다.

그러나 기영준이 보인 태극의 극의를 보며 마음이 흔들렸다.

재능만으로는 도달할 수 없는 멀고도 아득한 무언가. 그것을 보고 그때까지의 믿음이 깨어졌을 때, 그 앞에 새로운 길이 열렸다.

'결국은 사람이구나.'

아무리 빼어난 재능을 가졌어도 사람은 사람이었다. 무공이 신기라 불리는 경지에 이르러도 자신의 손이 닿지 않는 곳에서 일어나는 일에는 아무것도 할 수가 없다.

별의 힘, 천명을 받은 자, 남들과는 다른 특별한 사명을 이루어야 할 존재…….

그런 자부심이 다 하잘것없었다. 진정 목숨을 걸어야 하는 가치를 발견했을 때, 가신우는 머릿속이 환해졌다.

사람으로 태어나 사람의 검을 연마했으니, 그 검으로 한 사람을 구할 수 있다면…….

그것으로 충분하지 않은가?

'조금만 더 빨리 깨달았더라면… 아니, 과욕인가.'

가신우는 실소하며 무너져 내렸다.

"가 사형!"

소윤은 쓰러지는 그를 받아 안으려고 했지만 다리가 풀려서 그럴 수가 없었다. 대신 그를 받쳐 준 것은…….

"아, 젠장… 하필이면 네놈이야…….."

"……."

형운은 뭐라고 말할 수 없는 심경으로 그를 바라보았다.

그에 대해서 아는 건 별로 없다. 형운의 인생에서 그와의 관계는 그저 좋지 않게 스쳐 지나간 정도였으니까.

하지만 지금 이 순간, 그의 얼굴을 보고 있자니 왠지 가슴속에서 울컥 감정이 치민다. 눈물이 나는 것을 애써 참고 있었다.

문득 가신우가 힘겹게 고개를 돌렸다. 그곳에는 기다시피 해서 다가온 소윤이 있었다.

"멍청아. 실력 없으면… 도망치는 거라도, 잘해야……."

"그런 소리 할 때가 아니잖아요!"

"하하하……."

빽 소리를 지르는 소윤을 보며 가신우가 웃었다.

"바보야, 살아. 무슨 일이 있어도… 꼭……."

흐릿한 눈으로 말하던 가신우는 검은 하늘을 올려다보며 말했다.

"아, 형운, 네놈하고 결판내고 싶었는데……."

가신우는 그대로 축 늘어졌다. 동공이 풀어진 눈으로 소윤을 올려다보는 모습 그대로 더 이상 움직이지 않았다.

툭, 눈물이 한 방울 떨어졌다.

"…진짜 바보가 누구보고 바보라는 거야."

소윤이 눈물을 줄줄 흘렸다. 쏟아지는 눈물을 주체할 수가 없었다.

"성운의 기재라면서, 태극검의 극의를 이룰 거라더니… 세상에 자기보다 잘난 사람 하나도 없는 것처럼 굴더니 이러면 어떡해요, 사형. 이 바보야."

소윤이 참지 못하고 엉엉 울었다. 계속해서 죽음이 발생하는 전장이었지만 상관없었다. 아무것도 생각나지 않고 그저 슬퍼서, 집을 나온 후로는 처음으로 하염없이 울었다.

시체가 된 그를 받아 안고 있던 형운은 뭐라고 말할 수 없는 심정으로 말했다.

"이 자식아. 결판 같은 거 안 내도 네가 이겼어."

어둠의 폭풍을 가르던 가신우의 검. 그것은 너무나도 아득하고 눈부셔서 형운의 시선만이 아니라 영혼까지도 거기에 사로잡혔다.

아마 죽을 때까지 잊지 못할 것이다. 한평생 노력한들 그와 같은 경지에 도달할 수 있을까? 한서우와 빙령을 통해 일월성신의 진가를 깨닫고 스스로도 한계를 알 수 없는 힘을 얻은 지금이지만, 그 검을 상대로 한다면 도저히 이길 자신이 없었다.

우우우우…….

문득 눈앞이 환해졌다. 가신우의 몸이 희미한 빛을 발하더니, 그 빛이 방울져서 허공으로 떠오르고 있었다.

"…이걸로 두 명째."

그 빛이 교주에게로 날아가 그 몸에 스며들었다. 빛에 휩싸인 채 무언가를 음미하듯 눈을 감고 있던 교주가 눈을 떴다.

소윤이 표독한 눈으로 그를 노려보며 검을 들었다.

거짓말처럼 떨림이 사라졌다. 조금 전까지 힘이 풀렸던 다리에 힘이 들어가고, 새하얘졌던 머릿속에 그동안 배웠던 무공이 떠오른다.

"그만둬."

당장에라도 교주를 향해 달려들려는 그녀를 형운이 제지했다. 소윤이 말했다.

"싫어요."

"그래 봤자 개죽음이야. 이 녀석의 말을 들어. 소저가 하려고 한 일은 내가 대신할게."

형운이 정중하게 가신우를 땅에 눕히며 한 말에 소윤이 움찔했다. 형운이 그녀를 지나쳐 교주에게 다가갔다.

"네가 그럴 생각이 있든 없든 상관없어."

형운의 눈빛이 흉흉해졌다.

"네 면상에 주먹을 꽂아주지 않으면 내 속이 안 풀릴 것 같다. 이 미친놈들의 수괴야."

"참으로 끈질기구나."

교주가 웃었다. 그가 자세를 잡았다.

"그러나… 지금은 나도 그대에게 흥미가 생겼다. 좋다, 흉왕의 제자여. 여기서 선대의 빚을 청산해 주마."

『성운을 먹는 자』 6권에 계속…

이 시대를 선도하는 이북 사이트

이젠북

www.ezenbook.co.kr

더욱 막강해진 라인업!
최강의 작가들이 보이는 최고의 재미.

이들의 "유료연재"가 시작됩니다!

김재한 『성운을 먹는 자』   태제 『태왕기 현왕전』
홍정훈 『월야환담 광월야』   전진검 『퍼팩트 로드』
이지환 『어린황후』   방태산 『완벽한 인생』
좌백 『천마군림 2부』   왕후장상 『전혁』
김정률 『아나크레온』   설경구 『게임볼』

검색창에 **이젠북** 을 쳐보세요! ▼

초대형 24시 만화방

신간 100%, 샤워실, 흡연실, 수면실(침대석), 커플석, 세탁기 완비

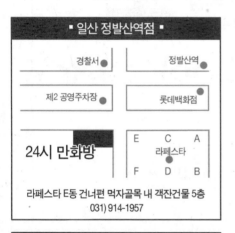

■ 일산 정발산역점 ■

라페스타 E동 건너편 먹자골목 내 객잔건물 5층
031) 914-1957

■ 강북 노원역점 ■

서울 노원구 상계동 340-6 노원역 1번 출구 앞 3층
02) 951-8324

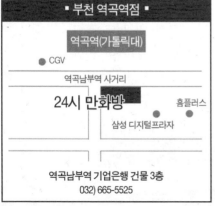

■ 부천 역곡역점 ■

역곡남부역 기업은행 건물 3층
032) 665-5525

■ 부평역점 ■

(구) 진선미 예식장 뒤 보스나이트 건물 10층
032) 522-2871

ODD LAWYER

FUSION FANTASTIC STORY
미더라 장편 소설

Devil's Balance

괴짜 변호사
악마의 저울

『즐거운 인생』 미더라 작가의
2015년 대작!

현직 변호사, 형사, 프로파일러, 범죄심리학 전문가 자문으로
현장의 생생함을 그대로 담아낸 현대 판타지!

『괴짜 변호사 : 악마의 저울』

"제가 왜 한 번도 패소한 적이 없는 줄 아십니까?"

"……"

"저는 법으로만 싸우지 않거든요."

법의 칼날 위에서 춤추는 자들과의
치열한 공방이 펼쳐진다!

Book Publishing CHUNGEORAM

유행이 아닌 자유추구 -
WWW.chungeoram.com

가프 장편 소설

관상왕의
1번룸

FUSION FANTASTIC STORY

거대한 도시의 그늘에서 벌어지는
짜릿하고 통쾌한 이야기!

『관상왕의 1번룸』

텐프로의 진상 처리 담당, 홍 부장.
절망적인 삶의 끝에서 만난 남국의 바다는
그를 새로운 인생으로 인도하는데…….

쾌락을 원하는 거부, 성공에 목마른 사업가,
그리고 실패로 절망한 사람들이여.

여기, 관상왕의 1번룸으로 오라!

Book Publishing CHUNGEORAM

유행이 아닌 자유추구 -
WWW.chungeoram.com

멱운 장편 소설

FUSION FANTASTIC STORY

전공
삼국지

2세기 말 중국 대륙.
역사상 가장 치열했던 쟁패(爭覇)의
시기가 열린다!

중국 고대문학을 공부하던 전도형,
술 마시고 일어나니 도겸의 둘째 아들이 되었다?

조조는 아비의 원수를 갚으러 쳐들어오고
유비는 서주를 빼앗으려 기회만 노리는데……

"역시 옛사람들은 순수하다니까.
　유비가 어설픈 연기로도 성공한 데는 다 이유가 있지, 암."

**때로는 군자처럼, 때로는 효웅처럼!
도형이 보여주는 난세를 살아가는 법!**

Book Publishing CHUNGEORAM

유행이 아닌 자유추구 -
WWW.chungeoram.com

FUSION FANTASTIC STORY

비츄 장편소설

올 스탯 슬레이어

강해지고 싶은 자, 스탯을 올려라!
『올 스탯 슬레이어』

갑작스런 몬스터의 출현으로 급변한 세계.
그리고 등장한 슬레이어.

[유현석 님은 슬레이어로 선택되었습니다.]
"미친… 내가 아직도 꿈을 꾸나?"

권태로움에 빠져 있던 그가…

"뭐냐 너?"
"글쎄. 나도 예상은 못했는데, 한 방에 죽네."

슬레이어로 각성하다!

Book Publishing CHUNGEORAM

유행이 아닌 자유추구 -
WWW. chungeoram.com